황룡난신

英雄神

FANTASTIC ORIENTAL HEROES
일황 新무협 판타지 소설

황룡난신 6
일황 新무협 판타지 소설

초판 1쇄 찍은 날 § 2012년 5월 21일
초판 1쇄 펴낸 날 § 2012년 5월 29일

지은이 § 일 황
펴낸이 § 서경석

편집부장 § 권태완
편집책임 § 박우진
디 자 인 § 이혜정

펴낸곳 § 도서출판 청어람
등록번호 § 제1081-1-89호
등록일자 § 1999. 5. 31
어람번호 § 제2-2227호

주소 § 경기도 부천시 원미구 심곡2동 163-2 서경B/D 3F (우) 420-822
전화 § 032-656-4452 팩스 § 032-656-4453
http://www.chungeoram.com
E-mail § chungeoram@chungeoram.com

ⓒ 일황, 2012

ISBN 978-89-251-2878-8 04810
ISBN 978-89-251-2740-8 (세트)

※ 파본은 구입하신 서점에서 교환하여 드립니다.
※ 저자와 협의하여 인지를 붙이지 않습니다.
※ 이 책은 도서출판 청어람과 저작자의 계약에 의해 출판된 것이므로,
   무단 전재 및 유포·공유를 금합니다.

황룡난신 荒龍抗神

6

일황 新무협 판타지 소설
FANTASTIC ORIENTAL HEROES

目次

제1장	저 미친 새끼	7
제2장	경로사살? 노인공격?	33
제3장	주변을 좀 파괴한다는 게 흠	63
제4장	젠장. 독거노인한테 염장을 지르는구나	95
제5장	아, 몰라. 그냥 몇 대만 좀 맞아라	119
제6장	무상으로서 정식으로 요청합니다	151
제7장	혹시나가 역시나구나	183
제8장	이 칼빵은 둘 다 맛이 비슷해서	211
제9장	반격이 꽤나 뜨끔할 거다	225
제10장	말 머리 돌려	237
제11장	사령의 후예이신 주군을 뵙습니다	253
제12장	실망시키지 않고 네 목을 꺾어줄 테니까	273
외전	검존일기	287

황룡난신

바람이 불었다.

벼락이 쏟아지고 눈이 휘날린다.

하늘이 진동하며 땅이 꿈틀거리기 시작했다.

동시에 쩌적 하는 소리와 함께 땅이 갈라져 시뻘건 용암이 솟구쳤다.

황금빛으로 빛나는 금안의 자운이 열한 마리의 용에게 휩싸여 삼공을 향해 걸음을 내딛는다.

"칠룡과 팔룡은 하나의 몸을 공유하는 쌍두룡이지."

칠룡과 팔룡이 두 개의 머리를 치켜들었다. 그들의 혀는 검이다.

이기어검이 황룡의 모습으로 형상화된 것이 칠룡과 팔룡이라 할 수 있었다.

우우우우—

자운의 부름을 받은 칠룡과 팔룡이 울음소리를 흘렸다.

기다란 목을 타고 이어지는 몸은 하나, 자운이 말했던 것처럼 정말로 쌍두룡의 모습을 하고 있었다.

"구룡은 공간을 관측하고."

무인에게 있어서 감각이란 총 여섯 개. 오감을 제외한 기감까지 모두 감각이라 할 수 있지만, 이 육감으로 모든 사각을 점하기는 힘들었다.

그리하여 존재하는 것이 아홉 번째 황룡, 감룡(感龍)이었다.

그리고 열 번째, 열 번째는 공간을 통제한다. 일그러뜨리며 부서뜨리고 동시에 지배하는 것이 열 번째 용인 공룡(空龍)이었다.

그리고 열한 번째.

"용은 바람을 부리고 눈을 뿌리며 벼락을 떨어뜨리고 하늘을 울린다."

콰과과광—

하늘에서 갑자기 열 줄기에 달하는 벼락이 떨어졌다.

"또한, 하늘을 울리며 땅을 진동시키고 불을 부리지."

호풍환우(呼風喚雨)를 비롯한 자연의 삼라만상을 조절하는 존재가 용이다.

그중에서 가장 완전무결한 존재!

모든 영수들의 군주이며 왕인 존재가 황룡이었다.

십일룡은 그러한 영수들의 군주, 주룡(主龍)이었다.

자운의 몸을 휘감고, 열한 마리의 용이 천천히 울음을 터뜨렸다.

우우우우우우우-

우우우-

우우우우-

열한 마리의 용을 휘감고 황금빛 용안(龍眼)을 번득이는 자운의 모습은 그야말로 용제(龍帝)였다.

하늘에 군림하며 용을 부리는 오연한 용의 군주.

그 모습을 본 삼공이 크게 웃음을 터뜨렸다.

"하하하하하하하하하하하하핫!"

바람이 불어오고 허전한 그의 한쪽 팔이 펄럭였다.

동시에 그가 멀쩡한 손을 허공을 향해 치켜든다.

콰직-

콰드드득-

우드득—

무언가가 뭉개지는 소리가 들리며 사방이 우그러들었다.

그렇게 우그러드는 공간이 수십 개.

그 수십에 이르는 공간이 우그러지며 대기가 흉측하게 꼬여들었다.

"과연, 그 정도는 해주어야 재미있지 않느냐!"

그가 앙천광소를 터뜨리며 손을 자운을 향해 뻗는다.

단번에 수백에 이르는 참공인이 공간을 무시하고 자운을 향해 날아들었다.

감룡의 감각이 자운의 감각과 하나가 되었다. 사방의 공간이 감지되고 사각이 사라진다.

공룡이 공간을 통제했다.

참공인이 날아드는 공간은 삼공이 통제하는 공간이라 거기까지 영향력을 미칠 수는 없었으나 그 공간을 제외한 모든 공간을 자운이 통제했다

모든 공간이 참공인을 압박한다.

참공인이 그 정도로 힘을 잃지는 않았지만, 충분히 약해졌다.

힘을 잃은 참공인이 자운을 향해 쏘아졌다.

쏴아아아아—

자운의 주위로 호룡이 휘감긴다.

우우우우—

호룡이 황금빛 용안에 반응해 빛을 낳고, 참공인과 거듭 충돌을 반복한다.

콰과과과과—

호룡과 참공인이 충돌하며 자욱한 먼지가 일어난다.

그 속에서 번쩍하는 섬광과 함께 비룡이 허공을 갈랐다.

낙뢰가 떨어지는 듯 금빛 섬광을 그리며 쏘아지는 비룡의 모습은 그야말로 벼락!

찰나의 시간, 삼공의 앞으로 이동한 비룡이 삼공을 들이박았다.

'엄청난 속도, 하지만!'

눈앞으로 비룡이 짓쳐드는 순간, 삼공이 호흡을 들이쉰다.

단전으로 달려나간 호흡은 그 속의 내기를 일깨우고 사지 백해를 맴돌아 사방으로 뻗어나간다.

공간벽!

쾅—

공간이 벽이 된 듯 일어나며 비룡을 막았다. 하지만 그 속도가 얼마나 빨랐던지 차단해 벽을 만든 공간이 흔들릴 정도!

"하하하핫. 과연, 과연 생각한 대로 엄청나구나!"

그가 웃음을 터뜨리는 한편 속으로는 가슴을 쓸어내렸다.

비룡의 속도가 무지막지해서 공간벽을 펼치는 것이 조금만 늦었더라면 그 엄청난 속도에 그대로 충돌할 뻔했다.

자운이 그런 그를 보며 씨익 하고 웃었다.

황금빛 눈동자가 빙글 하며 눈의 형태를 따라 움직인다.

"글쎄? 끝이 아닐 텐데?"

동시에 비룡보다는 조금 부족하지만, 날카로운 혀를 날름거리는 쌍두룡이 솟구쳤다.

칠룡과 팔룡!

둘의 혀가 이리저리 움직인다.

칠룡과 팔룡의 혀는 뱀처럼 길다. 하지만 뱀과 결정적으로 다른 점이 하나 있었으니, 바로 혀가 검이라는 점이었다.

스스스슷—

두 개의 검이 그대로 삼공이 있는 곳을 노리고 날아들었다.

"크윽!"

삼공이 빠르게 공간을 격리하며 천근추의 수법으로 아래를 향해 떨어져 내린다.

삼공이 조금 전까지 서 있었던 자리 위로 쌍두룡의 기다란 혀가 지나가고, 삼공의 몸이 아래로 떨어졌다.
 쿵―
 천근추의 수법을 운용하고 있었기 때문에 지축이 크게 흔들렸다.
 "제법이구나. 하지만 그뿐이다!"
 화르르륵―
 그가 손을 들어 올리자 사방에서 공간이 모여들었다.
 동시에 수십 개의 공간이 압축되기 시작한다. 비처럼 떨어져 내리는 참공인을 다시 재현하려는 것이다.
 자운이 비룡의 머리 위에 올라탔다.
 공간을 이동하는 재주는 없지만, 그 못지않게 빠르게 움직일 수 있는 재주가 있다고 말한 자운이다.
 "쏘기 전에 막아버리면 그만이지. 안 그래?"
 자운이 히죽이며 비룡과 함께 날아들었다.
 하지만!
 참공인이 완성되는 속도가 조금 더 빨랐다.
 콰아앙―
 폭풍과도 같은 참공인이 자운을 향해서 몰아쳤다. 그것으로도 부족해 다시 한 번 참공인을 만들어낸다.
 자운이 호룡을 둘렀다. 이번에는 시간이 부족해 공룡을 이용해 참공인의 힘을 약화시키지 못했다.

한 발 한 발이 호룡의 위로 떨어져 내릴 때마다 호룡이 크게 출렁인다.

오래 견디지는 못할 것이 분명했다.

'그렇다면 호룡을 더 단단하게 만들어 버리면 그만이다!'

그의 내력이 호룡을 휘감는 순간, 다시 한 번 만들어진 수십 발의 참공인이 호룡을 때린다.

그러기를 몇 번!

지금 자운을 휘감고 압박하고 있는 참공인의 숫자는 백을 훌쩍 넘었다.

자운이 참공인에 둘러싸인 상황에서 상황을 냉정하게 살폈다.

'이 모든 걸 몸으로 뚫고 나가는 건 무리지.'

그렇다면, 지금 밖에서 참공인을 통제하고 있는 삼공을 공격하여 정신을 흐리게 하는 수밖에 없다.

그리고 그 정신이 흐려진 틈을 타서 빠져나오는 것이다.

'먼저 염룡!'

그의 부름을 받은 염룡이 길게 울며 화염을 사방으로 뿌린다.

우우우우―

참공인이 화염 속에서도 이리저리 움직였다. 하지만 그

속도는 이전과 비교하면 현저히 느려진 것이 눈에 보인다.

'날뛰어라, 패룡!'

콰드드득—

자운의 명을 받은 패룡이 참공인의 속에서 날뛰었다.

콰드득—

쿠드드드득—

패룡이 날뛸 때마다 사방이 갈라졌다.

땅이 쩌저적 하고 갈라지며 거대한 용이 지나간 자리를 만들었다. 날뛰는 패룡과 충돌하는 참공인의 속도가 조금씩 더 느려졌다.

대신 호룡을 통해 전해지는 충격은 이전보다 절반이나 줄어들었다.

'이 정도라면 충분히 가능하겠군.'

그가 참공인의 사이를 노렸다.

황룡신검이 예리하게 빛나는 순간, 번쩍하는 굉음과 함께 허공으로 황룡검탄이 쏟아진다.

자신이 만들어낸 참공인의 벽 속에서 황룡검탄이 쏟아지자, 삼공의 시선이 한순간이나마 그쪽으로 향했다.

"저 속에서 저것을 쏜 것인가?"

그 순간!

칠룡과 팔룡이 두 개의 머리를 꿈틀거리며 날아왔다.

황룡검탄에 시선이 팔린 그를 향해 날아드는 것이다.

콰우우우우―

거대한 울음소리가 사방으로 퍼져 나가고, 그가 신음을 흘리며 뒤로 훌쩍 물러났다.

"이놈이?"

미간이 꿈틀하고, 한 손으로 허공을 움켜쥐었다.

대기가 주르륵하고 기울어졌다.

공간을 통째로 움켜쥐고 기울여 버린 것이다.

공간이 기울어지는 바람에 그를 향해 날아오던 쌍두룡이 전혀 다른 곳을 때린다.

콰과광―

강시당의 가장 큰 건물인 사층 누각이 쌍두룡과 충돌하여 무너져 내린다.

삼공의 움직임에 한순간 빈틈이 생기자 자운은 그 틈을 놓치지 않고 참공인의 다발 속에서 몸을 뺐다.

콰과과과―

건물의 구조가 되었던 석재와 목재 파편들이 아무렇게나 튀어 올랐다.

자운이 몸을 이리저리 움직여 석재와 목재 파편을 모두 피해낸다. 삼공 역시 자운이 그랬던 것처럼 목재와 석재들을 피해내었다.

간간이 무시할 만한 크기로 날아오는 것은 손을 뻗어 부수었다.

후드득—

부서진 돌가루가 아래로 후드득하고 떨어진다.

지켜보고 있던 황룡문도들이 허! 하는 탄성을 내질렀다.

이미 인간과 인간의 싸움이 아니다. 절대의 경지마저도 아득하게 초월해 버린 전투가 그들의 앞에서 펼쳐지고 있었다.

사람이 공간에 저렇게 자유롭게 개입하는 것이 가능하기나 한 일이던가?

'정말 엄청나군.'

우천이 혀를 내둘렀다.

'얼마나 해야 저 정도가 되는 거지?'

운산의 고개가 갸웃하고 움직인다. 자운과 그들 사이의 격차는 하늘과 땅만큼 차이가 있었다.

그 차이를 따라잡기 위해서는 평생을 정양하는 것으로는 도무지 좁혀지지 않을 듯하다.

'평생 그 이상을 수련해야 한다는 건가.'

푸욱 하고 한숨이 내쉬어진다.

운산과 우천이 나름대로 생각을 정리하고 있는 사이, 삼공과 자운이 서로를 노려보았다.

둘 다 까마득한 높이로 떠올라 있었다.

물론 저만한 경지에 오른 이들이 싸우는데 높이는 무관하다.

허공답보로 허공을 밟고 날아다니는 것은 당연한 일이고, 여차하면 비룡의 머리에 타고 움직이는 수도 있었다.

"그 속에서도 그런 공격을 날리다니, 과연 제법이구나."

삼공이 길러 내린 자신의 수염을 한쪽 팔로 쓸어내리며 말했다.

그 말에 자운이 이죽거리며 답한다.

"벌써부터 답하면 곤란해. 아직 시작도 안 했는걸."

그런 자운의 말에 응수라도 하듯 열한 마리의 황룡이 울었다.

우우우우우―

그 울음소리에 사방의 공기가 진동하고, 진동이 멈추는 순간 삼공의 몸이 튀어나왔다.

타핫!

발을 구른 삼공의 몸이 높게 치솟았다. 공기가 한순간 밀려나며 삼공의 몸이 자운의 지척에 다다른다.

그의 손에 생성된 참공인이 번득였다.

자운이 참공인을 향해 검강이 넘실거리는 황룡신검을 마주 응수한다.

쾅—

 내력과 내력이 충돌하며 뜨거운 바람이 사방으로 나부꼈다.

 바람에 삼공과 자운의 머리카락이 이리저리 나부낀다. 옷자락 역시 펄럭였다. 검과 맞대고 있는 참공인에서는 계속해서 불똥이 터져 나온다.

 "크윽."

 참공인에 비해서 검강은 한 수 밀리는 것이 사실이다. 자운의 손을 타고 피가 주르륵 흘러내렸다.

 참공인의 엄청난 힘에 손바닥이 벗겨져 상처가 난 것, 이 구도를 오래 유지하면 불리해진다.

 상황을 빠르게 판단한 자운이 다른 한 손 가득 내력을 집중시킨다.

 손가락이 용의 아가리 마냥 움직이더니 주먹이 쥐어지고, 화르륵 하는 소리와 함께 자운의 손이 화염에 휘감기었다.

 화르르륵—

 허공에 화염의 선이 그려진다.

 선명한 포물선과 함께 삼공을 향해 낙하하는 염룡교!

 터져 나온 공력에 붉은 꼬리가 새겨지는 것이 마치 유성과 같은 움직임이다.

염룡교가 쾅 하는 소리와 함께 삼공의 몸을 때리려는 순간!

"흥! 어림도 없지!"

삼공이 어깨를 틀었다. 염룡교의 내력이 그대로 허공을 격해 삼공을 지나치고, 뒤에 있던 건물 중 하나에 화르륵 하며 불이 붙었다.

화마는 순식간에 세를 불리며 목조 건물 하나를 모두 태워 사라지게 만든다.

하지만 자운이 노린 것은 염룡교로 삼공의 몸을 후려치는 것이 아니었다.

후려친다면 좋았겠지만 후려치지 않아도 별 상관은 없었다. 잠시간의 틈을 만들어 참공인과 맞대고 있는 검을 빼내는 것, 그것이 자운이 바라는 것이었다.

검을 빼낸 자운의 몸이 회전을 동반한다.

그의 몸이 팽이처럼 빙글 하고 회전하더니 황룡신검 가득 내기를 휘감았다.

어깨를 움직였던 삼공의 미간이 꿈틀하고 움직인다 싶을 때!

허공을 가르는 황룡의 움직임!

황룡검탄이 연달아 세 발 쏘아졌다.

우·우·우·우·우!

콰득— 콰득—

콰드득—

삼공의 몸이 크게 휘청하며 아래로 추락한다. 한쪽 어깨를 황룡검탄에 허락한 것이다.

두 발째까지는 막아내었지만 세 발째를 막아내진 못한 그의 몸이 황룡검탄과 함께 지상으로 추락했다.

콰앙—

땅이 깊게 파이며 황룡검탄의 금색 꼬리가 길게 내려꽂혔다.

후드득, 와지끈하는 소리와 함께 돌무더기가 삼공이 추락한 곳 위로 떨어져 내리고, 삼공이 그 속에서 먼지를 털며 몸을 일으켰다.

자신의 옷을 상하게 한 자운이 상당히 마음에 들지 않는 것인지 그의 얼굴이 울그락불그락거리고 있었다.

"이놈, 감히 나에게 수치를 주다……"

말을 채 끝마치지 못한 그가 헛바람을 들이쉬며 허공으로 몸을 날렸다.

곧이어 그가 서 있던 자리에, 유성추의 수법으로 떨어진 자운의 신형이 쾅 하고 내려선다.

사방으로 바위가 비산했다.

거대한 충격 때문에 땅이 속살을 드러내며 뒤집어지거나

쩍쩍 갈라졌다.
"흥! 누가 그런 공격에 당할 줄 아느……."
쿠웅—
이번에도 그가 말을 채 끝마치지 못하고 허공에서 발을 굴렀다.
유성추를 통해 떨어져 내린 자운이 신형을 일으키지도 않고 앉은 자리에서 패룡을 쏘아보낸 것이다.
쿠우우우웅—
패룡이 지나간 자리로 허공이 쩍 하고 갈라졌다.
동시에 패룡의 뒤에서 기척을 숨기고 있다 드러나는 암룡!
주룡의 번개가 암룡의 뿔 위로 떨어져 내리고, 파지직 하는 소리와 함께 뇌전이 뿔에 휘감겼다.
"개잡놈이!"
삼공이 참공인을 반달 형태가 아니라 방패형으로 둥글게 만들었다.
그리고 뇌전이 가미된 채로 찔러 오는 암룡의 뿔을 막아낸다.
콰지지직—
사방으로 뇌전이 비산하고, 강력한 돌풍이 자운의 몸을 밀어 올렸다.

주룡이 불러들인 돌풍은 자운의 몸을 밀어 섬전처럼 삼공의 앞으로 보낸다.

쾅—

염룡교가 쏟아지는 자운의 주먹이 그대로 방패형 참공인을 때렸다.

지이잉—

참공인이 크게 진동하며 삼공의 몸이 뒤로 물러났다. 왈칵하는 피가 삼공의 입에서 솟구치고, 삼공은 피를 닦아낼 생각도 하지 않고 손가락 끝으로 공간을 우그러뜨린다.

우드드득—

뼈가 어긋나는 소리가 들리며 삼공의 손가락이 자운의 가슴팍을 후려쳤다.

삼공이 그랬던 것처럼 자운의 몸 역시 뒤로 주르르 밀려나며 피를 왈칵 하고 토해내었다.

"쿠엑!"

비명이 들리고, 허공에서 떨어져 내리는 자운의 몸을 비룡이 받아내었다. 비룡의 꼬리가 크게 움직이며 건물 하나가 와르르 무너져 내린다.

자운이 주룡을 움직였다.

콰드드등—

허공을 가르는 낙뢰가 자운의 손가락 끝에 이끌려 삼공

을 향해 쏟아진다.

삼공 역시 손을 움직여 자운을 향해 참공인을 뻗어낸다.

반달형이 아닌 검의 형태!

기다란 검의 형태를 한 참공인이 자운의 가슴팍을 가르고, 삼공의 머리 위로 낙뢰가 떨어졌다.

콰과과과과광—

사방이 뒤집어짐과 동시에 눈앞이 한순간 깜깜해졌다.

낙뢰에서 뿜어지는 엄청난 섬광이 한순간 눈의 시력을 뺏어간 것이다.

자운이 가슴을 쓸어내렸다. 보이지는 않았지만 축축함이 느껴지는 것이 피가 났음이 분명했다.

자운의 손가락이 빠르게 자신의 가슴팍을 짚었다.

다행히 한순간 허리를 비틀었기 때문에 상처가 크지는 않았다.

"크으으윽. 이 빌어먹을 새끼가……."

삼공의 음성이 들려왔다. 약간 헐떡대고는 있지만 삼공 역시 큰 문제는 없는 듯했다.

눈이 보이지 않았지만 자운과 삼공의 경지에 오른 이들에게는 눈을 대체할 감각이 얼마든지 있었다.

자운과 삼공이 서로 동시에 기감을 넓혔다.

무인의 여섯 번째 감각이라 할 수 있는 감각이 확 하고 넓어지며 서로의 영역을 만들어낸다.

자운의 영역에 삼공의 영역이 비집고 들어왔다.

타핫—

자운이 기합성과 함께 몸을 날렸다.

허공으로 솟구친 자운의 몸에서 쌍두룡이 뛰어나와 삼공의 영역을 향해 쏟아진다.

콰드드득—

땅이 깊게 패어들며 속살을 드러냈지만, 그 자리에 삼공의 몸은 없었다.

자운이 허공에서 몸을 옮겼다. 그가 내려서는 곳은 강시당의 건물 중 하나, 자운이 그 처마 위로 사뿐히 내려섰다.

'눈이 떠지네.'

다행히 낙뢰의 섬광이 앗아갔던 시각이 천천히 돌아오고 있었다.

자운이 눈을 천천히 뜨며 빛에 적응하는 순간, 삼공의 공간이 자운의 공간으로 밀고 들어왔다.

콰드드득—

공간 부서지는 소리가 나고, 자운이 다급하게 눈을 뜨며 헛바람을 내질렀다.

"허업!"

부웅—

삼공의 거대한 주먹이 자운의 지척에서 휘둘러졌다. 빠르게 호룡이 삼공의 주먹을 막아냈지만, 황급히 움직인 것이라 힘이 부족했다.

쾅—

호룡의 몸이 출렁하고 움직이며 자운에게 그대로 충격이 전달되었다.

"커헉!"

자운의 몸이 뒤로 날았다. 삼공이 놓치지 않겠다는 듯 자운을 향해서 날아든다.

"놈! 놓치지 않겠다!"

어둠이 사라지고, 자운이 날아가던 와중에 삼공의 몸을 살폈다.

삼공의 몸은 낙뢰에 맞은 듯 여기저기가 그슬려 있었다. 입고 있는 옷 역시 불에 타서 일부분이 사라져 있었고, 몸 위로는 탄내 진동하는 연기가 흘러나온다.

'괴물 같은 새끼.'

벼락을 맞아도 죽지 않다니. 주룡이 일으킨 벼락은 내력을 이용해 만든 것이라 일반적인 벼락에 비해서 훨씬 부족한 것은 사실이다.

하지만 그 힘이 절대로 약한 것은 아니었다.

그런데 그걸 맞고도 저렇게 쌩쌩하게 움직인다는 것이

괴물 같았다.
 자운이 욕지기를 뱉으며 단전을 자극했다.
 자운이 기운을 움직였다.
 단전에서 꿈틀거린 기운이 단번에 팔을 향해 솟구쳐 올랐다. 팔을 휘감은 기운이 검을 향해 도달하고, 검끝에서 찬연한 빛무리가 솟구쳤다.
 황금빛 검강!
 황룡검탄이 단번에 허공을 가른다.
 슈우우우욱—
 쾅쾅쾅—
 황금빛 궤적이 허공에 가득히 포물선을 그리며 단번에 삼공을 때렸다. 삼공의 양손이 꿈틀거리며 움직였다.
 손가락 끝으로 황룡검탄의 목을 움켜쥔다.
 "크으으으으으윽."
 황룡검탄을 뻗어내고 있는 자운이 검에 힘을 더했다. 가득히 검력이 들어가고, 다가가려는 황룡검탄과 막아서려는 삼공의 싸움이 이어졌다.
 쿠드드드드득—
 둘의 싸움에 대기가 진동한다.
 이것은 평범한 싸움이 아니었다.
 단순히 황룡검탄의 진격과 그것을 막기 위한 싸움이 아

니라, 그것을 통제하고 있는 삼공과 자운의 내력 대결이라 봐도 무방했다.

쿠드드드득―

둘은 모두 이백 년을 넘게 살아온 초인, 그 초인들이 뿜어내는 내력은 절대로 적지 않았다.

사방이 쩍쩍 갈라지고, 대기에마저 균열이 생기는 듯했다.

"크윽!"

운산을 비롯한 황룡문의 사람들이 뒤로 물러섰다. 저 주변으로 다가가는 순간, 뿜어지는 기파에 온몸이 조각조각 나버릴 것이 분명했다.

자운의 몸 주변을 휘감고 있는 황룡들이 연달아 울음을 터뜨렸다.

우우우우―

황룡을 이용해 삼공을 공격할 수도 있겠지만, 그렇게 되면 위험해지는 것은 삼공뿐만이 아니다.

'나도 위험해진다.'

자운이 이를 으득 하고 악물었다.

삼공 역시 머릿속으로 이리저리 계산을 했다. 지금 이 상황에서, 자그마한 충격이라도 가해진다면 둘 다 위험해질 것이 분명했다.

'저 미친 새끼.'
이건 그야말로 같이 죽자는 꼴이 아닌가. 서로 같이 죽는 꼴은 볼 수 없다는 일념이 더해졌다.
'꼭 죽여주마.'
자운이 신검을 움켜쥔 손 가득 힘을 불어넣었다.

第二章 경로사살? 노인공격?

황룡난신

우우우웅—

거대한 힘이 주입되자 자운의 손에 들린 신검이 잘게 몸을 떨었다. 동시에 자운 역시 몸속에서 전율이 치솟는 것을 느낀다.

적은 강하다. 열한 번째 황룡인 주룡을 깨운 이후로는 칠적이라 할지라도 자운의 상대가 되지 못했다. 그야말로 압도적인 무력, 더 이상 세상에 적수가 없을 것이라 느꼈는데 그런 자운을 맞상대할 만한 이가 아직도 세상에 남아 있는 것이다.

자운이 느끼는 감정을 삼공 역시 느끼고 있었다. 이백 년이라는 세월을 살아오며 그와 자웅을 겨룰 만한 강자는 그리 많지 않았다.

그런데 이런 곳에서, 난신이라는 자가 자신과 자웅을 겨룰 만한 실력을 보이고 있으니 몸이 희열에 잘게 떤다.

'가자.'

자운이 황룡신검을 향해 말을 걸었고 황룡신검이 응답이라도 하듯 몸을 떨었다.

"차합!"

큰 기합성과 함께 자운의 몸이 쭈욱 하고 날아오른다. 그런 그의 뒤로 금빛 호선이 따라붙었다. 온몸으로 금광을 뿌리며 움직이는 자운의 모습은 그야말로 금빛 유성이었다.

쾅—

자운의 검이 삼공의 참공인을 내려친다.

참공인이 이리저리 휘둘러지며 자운의 검을 막아내었다.

자운은 황룡신검을 움직여 놈을 압박함과 동시에 열한 마리의 황룡을 움직였다.

우우우우—

황룡들이 이리저리 꿈틀거리며 삼공을 공격해 들어간다.

그 공격이 빽빽하기 그지없었기 때문에 삼공에게 달아날 틈이란 전혀 없어 보였다. 하지만 그것은 어디까지나 바라보는 이들의 착각.

삼공 주변의 공간이 흔들린다.

한순간 삼공의 몸이 흐릿해진다 싶더니 자운이 부리는 황룡의 사이로 몸을 유유히 움직였다.

자운이 암룡을 쏘았다.

파악―

삼공의 신형에 틀어박힌다 싶은 순간, 삼공이 이형환휘를 펼쳐 오여 장 밖으로 몸을 내뺐다.

자운이 그 모습을 보고는 코를 씰룩이며 이죽였다.

"내빼기는."

자운이 비룡의 머리를 밟고는 삼공을 향해 따라붙었다.

날아가는 그의 등 뒤로 바람이 휘감긴다.

바람이 휘감기는 것은 뒤를 향해서 뻗어내린 자운의 손, 휘감긴 바람은 마침내 구슬의 형태로 모습을 변태한다!

풍왕신탄(風王神彈)!

구슬의 형상을 한 바람이 자운의 손을 떠나갔다.

신탄은 주변의 바람을 끌어들이며 그 모습을 불려 나간다. 회전을 통해 그 크기가 커지는 신탄의 모습은 그야말로 용권풍!

대막의 모래사막에서나 볼 수 있다는 용권풍과 같은 신탄에 황룡문도들이 입을 떡하니 벌렸다.

우천이 운산을 향해 묻는다.
"사형은 저 크기의 절반이라도 만들 수 있겠습니까?"
절반?
사분지 일도 자신이 없다.
운산이 고개를 절레절레 흔들었다.
그사이 완전히 용권풍의 형상을 이룬 풍왕신탄이 그대로 삼공의 몸을 후려쳤다.
쾅—
대가기 한차례 크게 휘청하며 삼공의 몸이 뒤로 주르륵 밀려났다.
자욱한 모래먼지가 일고, 자운이 모래먼지 안을 노려보며 내려섰다.
어디선가 불어온 바람에 시야를 어지럽히던 모래먼지가 사라지자, 드러난 것은 쌍장을 교차해 풍왕신탄을 막아낸 삼공의 모습이었다.
하지만 완전히 막은 것은 아닌지 풍왕신탄과 충돌한 두 팔이 벌겋게 달아올라 있었다.
참공인을 형성해 벽을 만들 시간이 부족했기 때문이다. 워낙 부지불식간에 이루어진 공격인지라 그로서도 완전히 풍왕신탄을 막아낼 수 없었다.
하지만 그 정도 크기의 풍왕신탄을 큰 상처 없이, 조금

달아 오른 정도의 상처만으로 막아내었다는 것은 엄청난 일이었다.

자운이 바닥에 침을 퉤 하고 뱉었다.

"괴물 같은 놈. 그걸 그렇게 쉽게 막아내다니."

삼공이 이죽였다.

"내가 급하게 막는 것이었다면 네놈도 급하게 펼쳐 낸 것이니 막지 못할 이유가 무에 있을까."

그의 말에 지켜보던 황룡문도들은 더욱 경악하는 수밖에 없었다.

그 정도의 공격이 급하게 펼쳐 낸 것이라니, 제대로 펼쳐 낸 풍왕신탄은 도대체 얼마나 강하다는 말인가.

머릿속에서 온갖 의문이 들었다.

삼공의 몸이 천천히 허공으로 치솟는다. 허공답보라기보다는 천상제와 같은 느낌.

아무런 예비 동작이나 발구름도 없이 허공으로 솟구치는 삼공을 자운이 쫓았다.

자운이 강하게 바닥을 내리찍으며 몸을 날렸다.

쾅—!

두 손이 바닥을 향하게 하고 비룡의 머리 위에 발을 딛고 삼공을 향해 날아가는 속도는 그야말로 섬전에 가까웠다.

그 속도가 얼마나 빨랐는지 지켜보던 황룡문도들이 헛바

람을 머금었다.

 삼공은 잠시도 지체하지 않고 손을 움직여 공간을 말아 쥐었다.

 그의 양손에서 참공인이 비틀려 형성된다.

 콰드드드득―

 허공의 조각이 하늘을 부숴 버릴 기세로 맹렬하게 뿌려졌다.

 모든 참공인의 조각들이 자운을 향해 날아온다. 자운이 호룡을 일으켰다. 비룡의 머리 위에 서 있는 자운의 몸 주변으로 호룡이 휘감긴다.

 콰다다다다다!

 쾅쾅!

 콰과과과광!

 여러 개의 폭발이 동시에 일어났다. 하늘에서 불기둥을 뿜으며 염룡이 울었고, 그것을 필두로 황룡무상강기가 움직였다.

 자운이 타고 있는 비룡과 자운을 보호하고 있는 호룡을 제외한 무려 아홉 마리의 용이 움직인다.

 우우우우―

 황룡이 우는 소리가 하늘에 가득히 펼쳐지고, 아홉 마리의 용이 연달아 삼공의 몸을 두드린다.

쾅콰쾅—

투두두두두두두—

하지만 공간 자체를 둘러서 공격을 막아내는 삼공의 방어를 뚫기에는 역부족이었다.

힘을 한곳에 집중시켜 뚫을 필요가 있었다.

충격이 사방으로 퍼져 나간다.

쾅쾅—

단순한 충돌로 인하여 발생한 충격일 뿐인데도 사방의 바닥이 패어 들었다.

건물 하나가 통째로 무너져 내리기도 했다.

'이게 사람의 싸움이라는 말인가.'

운산과 우천이 경악하며 황룡문도들을 데리고 뒤로 물러섰다.

싸움이 격해질수록, 그들은 뒤로 물러서는 수밖에 없었다.

운산이 자운과의 거리를 가늠했다.

얼추 이백 보, 아니, 삼백 보 이상은 차이 난다.

그것도 그냥 걸어서가 아니라 경공으로 삼백 보 이상이 차이가 난다.

'이 거리가 대사형과 나의 거리다.'

실력 차이, 여실히 실감할 수 있었지만, 한 걸음씩 다가

가게 될 것이다.

'대사형. 저도 언젠가는 대사형이 도달해 있는 그 경지에 도달할 것입니다.'

운산이 그런 생각을 하고 있는 동안, 싸움은 더욱 격해졌다.

쿵쿵쿵—

황룡으로 아무리 두드려도 견고한 벽은 부서질 생각을 하지 않는다.

'금강불괴에 비견될 정도의 벽인가?'

아니, 그 이상이다.

금강불괴라 할지라도 황룡무상십이강 중 아홉의 공격을 받아내고는 무사하진 못한다.

그럼에도 멀쩡하다는 것은 금강불괴보다 몇 배나 단단한 공간의 벽을 치고 있다는 것이다.

자운이 뒤로 물러났다.

단번에 오여 장의 거리를 뒤로 물러서는 자운, 하지만 자운이 물러나자마자 삼공 역시 움직였다.

더 높이 뛰어올라 단숨에 그 거리를 좁혀 들어온다.

쾅—

삼공의 몸이 천근추의 수법과 함께 바닥으로 떨어져 내리는 모습은 흡사 유성과 같았다.

콰드드드등—

그 충격에 땅이 크게 출렁이며 파도친다. 그가 내려서는 곳마다 일대가 출렁이며 바닥에 큰 구멍이 파여들었다.

실제로 저렇게 내려서는 것에 깔리기만 해도 어지간한 고수들은 그 자리에서 즉사할 것이다.

상대가 자운 정도 되니 요리조리 움직이면서 피해내는 것이었다.

자운이 지금까지 싸워온 적 중에서 가장 강한 이가 바로 삼공이다.

자운은 자세를 낮추고는 먹이를 노리는 맹수처럼 튀어올랐다.

그 뒤를 칠룡과 팔룡이 검의 형상을 한 혓바닥을 날름거리며 따라붙었다.

쉭쉭쉭—

바람 갈라지는 소리가 나며 두 마리의 용이 머리를 움직였다.

검의 형상을 한 혀가 이기어검이라도 되는 듯 자운의 의지에 따라 삼공을 포박한다.

자운이 쌍두룡과 호룡을 제외한 모든 용을 거두어들였다.

그리고는 지금까지 열한 마리의 용을 유지하기 위해 사

용하던 내기를 세 마리에 불어넣었다.

호룡의 벽이 더욱 단단해지며 쌍두룡의 움직임은 더욱 날카롭고 쾌속무비해졌다.

그 힘 역시 당연히 강해졌다.

쩌엉—

칠룡의 혀가 공간의 벽을 때리자, 한순간 공간의 벽이 출렁였다.

'이때다!'

자운이 놓치지 않고 팔룡으로 출렁이는 공간을 찔러 넣었다.

키이이이잉—

무언가가 뒤틀어지는 소리가 들렸다.

공간이 뒤틀리는 소리였다. 공간이 비집어지고, 그 속으로 삼공에게 이어지는 통로가 만들어진다.

자운이 황룡신검을 뽑아 들었다.

"먹어라!"

쩡—

공간이 산산이 부서져 내리며 칠룡과 팔룡이 만들어낸 공간으로 황룡검탄이 날아들었다.

콰우우우우—

"크윽! 이놈이!"

그는 황급하게 공간의 벽을 닫으려 했으나 자운이 쏘아낸 황룡검탄이 더 빨랐다. 그가 공간을 닫으려 했을 때는 이미 황룡검탄이 그의 몸을 때리고 있는 순간이었다.

"크윽!"

삼공이 신음을 흘리며 뒤로 날아갔다. 그의 손에는 공간을 닫기 위해 집중시켜 둔 힘이 남아 있었다.

삼공은 이 힘을 공간을 닫는 것이 아니라 자운을 공격하는 데 사용했다.

부서진 공간 사이로 참공인이 날아들었다.

쾅!

폭음이 울리며 자운의 몸과 삼공의 몸이 뒤로 날아갔다.

드드드득—

자운의 등판이 바닥을 긁었고 땅이 벗겨졌다.

삼공 역시 자운과 마찬가지로 형편없이 바닥을 굴렀다. 그가 처음으로 떨어진 자리에는 하늘에서 거대한 망치로 때려 만든 듯한 구멍이 나 있었다.

팽팽한 내력의 겨루기는 결국 종장을 찍지 못하고 무승부로 끝이 났다.

매개체가 되던 자운의 황룡검탄과 삼공의 손가락 끝에 걸린 참공인이 동시에 터져 나간 것이다.

"크으. 아이고 허리야."

자운이 자신의 앞을 막고 있는 거대한 석재를 치우며 몸을 일으켰다. 자운이 바닥을 구르면서 생긴 힘에 의해 무너진 석재였다.

석재를 한쪽으로 치우고 나니 자신과 마찬가지로 몸을 일으키는 삼공의 모습이 보인다.

삼공이 자운을 향해 버럭 하고 소리친다!

"이 개 같은 자식아! 경로사상과 노인공경도 모르는 것이냐!"

대마두의 입에서 경로사상과 노인공경이라니, 이 무슨 말도 안 되는 개소리라는 말인가.

자운이 한참 격전 중이라는 것도 잊고 피식 하고 웃음을 터뜨렸다.

그리고는 그답게 이죽이며 삼공을 조롱했다.

"경로사살? 노인공격? 얼마든지 해주고 있잖아! 뭐가 문제라는 거지?"

"이이이이이! 이 경로사상도 덜 배운 놈아!"

쾅—

바닥이 꺼지며 삼공이 튀어 나왔다. 자운 역시 마주 소리를 지르며 놈을 향해 튀어 나간다.

"그래 바로 그거! 경로사살! 늙으면 뒈져야지!"

자운의 몸 주변을 열한 마리의 황룡이 휘감았다.

찬연히 빛나는 황룡 무리가 자운을 휘감자 자운의 눈 역시 호박색으로 빛나기 시작한다.

금안을 번득이며 날아드는 자운의 신형, 그의 손끝이 쾌속하게 허공을 갈랐다.

용구절천수!

손가락이 용의 아가리라도 된 것처럼 으르렁거리며 삼공의 몸을 물어뜯으려 한다.

삼공이 다리를 틀었다.

휘리릭―

단번에 보법이 일변하며 자운의 공격을 피해내는 삼공의 움직임, 그의 다리가 뱀처럼 꿈틀거렸다.

쉭쉭쉭―

뱀 움직이는 소리가 나며 삼공의 몸이 자운을 향해서 파고든다. 자운이 고개를 숙였다.

삼공이 자신의 가슴팍을 파고들어 오자 마주 쇄도하는 것이다.

쾅―

어깨와 어깨의 충돌, 자운의 몸이 뒤로 두 걸음 정도 물러났다.

삼공 역시 뒤로 두 걸음 정도 물러났다.

삼공의 입가에는 피가 주르륵 하고 흐르고 있었다. 내상을 입은 것이다. 자운의 어깨는 붉게 달아올라 있었다.

삼공과는 다르게 외상을 입은 것이었다.

"교육도 덜 받은 놈. 어떻게 노인공경과 경로사상을 모른다는 말이냐!"

자운이 쓰라린 어깨를 한번 매만지더니 곧 으쓱해 보인다.

"사실 그거 교육받을 시간에 잠잤어."

명백한 사실이었으나 삼공이 듣기에는 조롱이었던 모양이다. 삼공의 미간이 꿈틀하고 움직였다.

"이놈, 네놈이 끝까지 날 놀리는구나!"

삼공의 손으로 공간이 우겨져 들어간다. 콰드득 하는 소리가 들리며 사방이 무너져 내렸다.

곧이어 완성되는 참공인, 자운이 장난스럽게 어깨를 으쓱하며 자세를 잡았지만 사실 속은 전혀 여유롭지 않았다.

'젠장. 저 미친 늙은이. 정말 죽지도 않고 오라지게 강하네.'

쩝쩝하고 입맛을 다시는 자운, 이런 놈이 앞으로 셋이나 더 있다는 게 끔찍하기 그지없는 사실이었다.

어떻게든 이길 방법이 없을까.

자운의 머리가 이리저리 움직인다.

그사이에 참공인을 완성한 그가 단번에 허공을 때린다.

쾅—

허공이 그대로 밀려나며 참공인이 자운의 앞에서 불쑥 하고 솟아났다.

하지만 참공인은 자운에게로 도달하지 못한다!

쾅 하는 소리가 나며 참공인이 허공에서 폭발하고, 그 자리에 황금빛을 뿜어내는 호룡의 어금니가 자리해 있었다.

호룡이 어금니로 참공인을 씹어 폭발시킨 것이다.

동시에 염룡이 화염을 뿜었다.

화르르륵—

사방이 불로 타오르고, 무너진 누각 하나가 불길에 휩싸였다.

염룡이 뿜어내는 화염은 온도가 얼마나 뜨거웠는지 주변이 화끈하니 달아오른다.

건물 하나가 단번에 날아갔지만 삼공은 이미 공간을 이동해 몸을 뺀 지 오래였다.

다만, 그의 허전하던 왼팔 소매는 염룡의 화염에 타버려 더 이상 허공중에서 나부끼지 않는다.

자운이 검을 움직였다.

검끝을 따라 쌍두룡이 움직인다.

우우우우—

혓바닥을 뱀처럼 날름거리는 이기어검의 수법!

쌍두룡의 혀가 삼공의 심장을 찌르는 순간!

푸악—

삼공의 몸이 흐릿하게 사라졌다.

이형환위가 펼쳐진 것이다. 삼공이 나타난 곳은 자운의 바로 뒤쪽, 그가 참공인을 맺어 단번에 자운의 몸을 갈라낸다.

흐릿—

하지만 자운의 상 역시 허상이었다.

그가 그랬던 것처럼, 자운 역시 이형환위를 펼쳐 공격을 피해낸 것이다.

자운이 솟구쳤다.

삼공의 바로 옆, 그의 검이 삼공의 몸을 갈랐으나 이번에도 삼공의 신형은 흐릿해지며 사라진다.

이형환위와 이형환위의 싸움.

다르게 말한다면 극에 이른 빠름 대 극에 이른 빠름이었다.

자운이 이형환위를 운용함과 동시에 열한 마리의 황룡을 움직여 놈을 압박했다.

하지만 삼공 역시 이형환위와 동시에 참공인을 맺어 자운의 공격을 막아내었다.

"크윽—"

참공인이 어깨를 스치자 자운이 신음을 흘렸다. 바닥에 피 몇 방울이 뚜둑 하고 떨어져 모래와 뭉쳐진다.

"큭."

삼공 역시 전혀 상처가 없는 것은 아니었다. 허벅다리를 칠룡의 혀가 스치고 지나갔다.

과연, 검의 형상을 한 칠룡의 혀가 지나간 자리답게, 피했음에도 불구하고 삼공의 허벅다리에서는 피가 뚝뚝 떨어져 내리고 있었다.

"이, 이놈이."

자운이 이를 으득 갈고 삼공이 금방이라도 욕설을 터뜨리려는 듯 입을 움직였다.

삼공은 적성의 내부에서는 그야말로 무적이었다.

그와 비교를 할 수 있는 존재라고 한다면 적성의 주인인 일성과 다른 봉공들이 전부, 그렇기에 자신의 몸에 상처를 입힌 자운을 더욱이 용서할 수 없었다.

"개자식! 죽여 버리겠다!"

자운이 이죽였다.

"실력이 된다면 예전에 죽여 버렸겠지. 근데 그게 안 되니까 내가 지금까지 팔팔하게 살아 있는 거 아닌가?"

말을 하면서 자운이 호흡을 안정시켰다. 폐부를 타고 들어온 호흡이 온몸을 타고 뻗어나가며 급속도로 안정되기 시작한다.

후욱후욱―

단전의 기운이 사방을 돌았다.

'만만한 게 없네. 진짜로.'

속으로는 푸념을 하지만 겉으로는 드러내지 않는다.

왜 지금 같은 시대에 태어나서 이런 개고생을 하는지 솔직히 모르겠다.

한 오십 년만 일찍 일어났어도 평화의 시대에서 절대고수로 떵떵거리며 살 수 있었는데.

'이게 모두 저 개 같은 적성 때문이야.'

분노가 치솟았다.

안빈낙도는 정말 개 같은 일이고, 이리 뛰고 저리 뛰면서 살아야 하지 않은가. 저 적성이라는 잡것들만 없었더라면 안빅낙도하면서 편하게, 황룡문을 천하제일로 만들 수 있었을 것이다.

'젠장.'

어깨의 지혈이 끝났고 호흡이 안정되었다. 하지만 그것은 삼공 역시 마찬가지였다.

잠시 노려보며 시간을 번 덕분에 그 역시 다리의 상처를 지혈했고 거친 호흡으로 들썩이던 어깨가 천천히 진정되는 것이 보인다.

"좀 죽어라!"

자운의 몸이 더 이상 기다릴 수 없다는 듯 날았다. 좌르륵 하는 소리가 나며 그의 몸을 타고 열한 마리의 황룡이 솟구쳤다.

쾅쾅쾅쾅—

허공에서 바닥을 내려찍는 용의 움직임들, 삼공이 호흡을 진정시키다 말고 몸을 움직였다. 이 정도면 충분히 무리 없이 몸을 움직일 수 있었다.

자운이 몸을 빼는 놈을 쫓았다.

호룡의 머리를 박차고 패룡의 꼬리에서 뛰어올라 비룡의 위에 올라탄다.

비룡이 가장 빠른 쾌의 용답게 자신의 주인을 쾌속무비하게 이끌었다.

단번에 쏘아진 곳은 바로 삼공의 앞, 호흡을 깊은 곳으로 끌어들인다.

자운이 여력을 검끝으로 모아 황룡의 형상으로 뭉쳤다.

쾅—

황룡검탄이 직도황룡의 수법으로 쏘아진다.

일곱 갈래의 변화가 담긴 황룡검탄!

여기까지가 반 호흡!

삼공이 허공에서 답보를 펼쳐 내며 황룡검탄의 일곱 갈

래를 모조리 피해내었다.

 콰드등—

 폭음이 사방으로 터져 나가며 일곱 갈래의 황룡검탄이 자기들끼리 허공에서 충돌했다.

 그 힘이 사방으로 비산하고, 삼공이 입가로 씨익 미소를 지으며 자운을 향해 날아들었다.

 하지만 자운의 호흡은 아직 끝난 것이 아니다.

 반 호흡으로 일곱 갈래의 황룡검탄을 쏘아내었으니 아직 반 호흡이 남았다.

 자운이 남은 호흡 중 일부를 사용하여 내력을 다리로 이끌었다.

 허공에서 참공인으로 두 주먹을 감싸 깍지를 끼고 자운을 향해 떨어지는 삼공!

 그 모습은 낙뢰와 같다.

 쾅—

 비룡의 신형이 휘청하며 자운 역시 삼공을 향해 뛰어올랐다.

 삼공의 모습이 낙뢰라면 자운의 형상은 그야말로 승천하는 용, 두 다리로 집중시킨 내력 덕분에 자운의 움직임은 그야말로 거침이 없었다.

 "넌 저승에 가라!!"

"내가 네 부하냐, 네 말을 듣게! 네가 가라! 지옥으로 꺼져 버려!"

참공인의 망치가 자운의 신검을 때리고, 신검이 지잉 하고 울며 황룡을 쏟아내었다.

폭룡검(爆龍劍)!

쾅쾅쾅—

검속에 내재되어 있던 수십 마리의 용이 튀어나왔다.

그 크기는 뱀이라 불러도 좋을 정도로 작았으나 그 형상은 확실한 용이었다.

수십 마리의 용이 허공중에서 삼공을 향해 터져 나가며 울부짖었다.

크아아아아—

우우우우우—

콰쾅쾅쾅—

허공중에서 연달아 폭음이 울려 퍼진다. 삼공이 몸을 뒤집었다.

충격을 줄이기 위한 행동이었다. 그가 폭발 속에서 벗어나 몸을 뒤집는 동안, 자운은 그 틈을 이용하여 호흡을 다시 끌어당겼다.

이번에는 처음 끌어당긴 호흡보다 더욱 깊게 끌어당긴다.

끌어당긴 호흡을 두 다리에 집중하고, 비룡을 움직여 자신의 발판으로 만든 후 박찬다.

쐐애애액―

자운의 움직임에서 화살이 날아가는 듯한 소리가 들렸다.

뽑아 든 검을 적의 심장에 겨누고, 자운의 몸이 빙글빙글 돌았다.

쿠르르릉―

주룡이 일으킨 벼락은 자운의 검이 머금었고, 바람은 자운의 몸 주변을 회전하며 힘을 드높인다.

"당하지 않는다!"

다가오는 자운을 확인한 그가 자운과 마찬가지로 호흡을 들이쉬었다.

후우우우웁―

거대한 기세가 손끝에서 휘몰아치고, 지금까지 보인 적 없는 크기의 참공인이 모습을 드러내었다.

쿠드드드드드등―

허공이 보기 흉할 정도로 무너졌다. 무너지는 공간에서 인력이 발생하며 자운의 몸을 빨아들인다.

마치 별을 집어삼킨다는 우주의 포식자 흑혈(黑穴)을 보는 것 같지 않은가!

저 인력에 이끌려 흑혈 속으로 딸려 들어간다면 아무리 자운의 육체라 할지라도 한낱 고깃덩어리에 지나지 않게 될 것이 분명했다.

'크으으윽.'

자운이 혼신의 힘을 다해 몸을 비틀었다.

자운의 몸이 조금씩 비틀어지고, 삼공 역시 자운의 몸을 놓치지 않으려는 듯 두 손으로 만들어낸 거대한 참공인을 이리저리 움직인다.

한참 힘겨루기가 이루어지는 순간, 번쩍하는 섬광이 사방으로 뻗어나갔다.

'우옷! 빛이!'

둘의 싸움을 멀찍이서 지켜보던 운산과 우천이 눈을 감았다.

엄청난 빛 때문에 더 이상 눈을 뜰 수가 없었던 것이다.

한참의 시간이 지나고 그들이 눈을 떴을 때, 자운의 옷자락은 휘날리고 있었다.

펄럭펄럭—

그의 몸이 길게 포물선을 그리고, 용제와 같이 휘감았던 열한 마리의 황룡은 더 이상 자운의 옆에 없었다.

자운의 몸이 아래로 훨훨 떨어진다.

우천이 떨어지는 대사형을 보며 소리를 질렀다.

"대사형!"

쾅 하는 소리와 함께 자운의 몸이 바닥에 처박히고, 운산과 우천이 동시에 대사형을 외치며 자운을 향해 달려나갔다.

하지만 다른 황룡문도들은 감히 그들과 같은 행동을 하지 못했다. 허공중에 무시무시한 힘을 보인 삼공이 서 있었기 때문이다.

"크크크큭."

그가 진한 웃음을 흘렸다. 목에는 가래가 낀 듯 걸쭉한 음성이었으나 분명 기쁨의 음성이었다.

"대사형!"

그의 귓가로 파리들의 앵앵거림이 들려온다.

'그래. 파리는 치워야겠지.'

자운을 쓰러뜨리고 기분이 좋아진 그가 손을 들었다.

그 순간!

핑—

머리가 어질해지며 가슴팍에서 피가 솟구친다.

쩌억—

심장이 쩍 하고 벌어지며 피분수가 쏟아졌다. 한순간 눈앞이 흐릿해지며 온몸을 휘감고 공중에서 있게 해주던 내력의 흐름이 사라졌다.

'어?'

어? 라고 생각하는 순간, 삼공의 몸이 바닥으로 떨어져 그대로 거꾸로 처박혔다.

퍼석—

그의 머리가 터져 나가고, 뇌수가 사방으로 산산이 비산했다.

그것을 아는지 모르는지 운산과 우천은 자운의 어깨를 잡고 흔들기에 정신이 없다.

"대사형!"

자운의 어깨가 몇 번 흔들리고, 자운의 음성이 들려왔다.

"흔들지 마라. 머리 띵하다. 아… 죽겠네, 진짜."

자운이 머리가 띵한 듯 골을 잡으며 몸을 천천히 일으켰다.

"그 새끼는 죽었냐?"

자운의 말에 운산과 우천은 그제야 바닥으로 추락한 삼공을 향해 시선을 움직였다. 자운의 시선 역시 그들의 시선을 좇아 움직인다.

흥건하게 흘러나오는 피, 그 위에 삼공의 시체가 놓여 있었다.

놈의 심장은 무언가에 관통이라도 당한 듯 뻥 뚫려 있었다.

황룡신검에 피가 흥건하게 묻어 있는 것으로 보아 놈의 심장을 관통한 것은 신검이 분명했다.

삼공의 죽음을 확인한 자운이 온몸의 긴장이 풀린 듯 그 자리에 드러누웠다.

"푸하!"

그리고는 피로가 누적된 숨을 뱉어놓는다. 정말로 힘들었다. 열한 마리의 황룡무상십이강이라면 일성도 능히 상대할 수 있을 것이라 생각했는데 이백 년의 세월을 넘어온 괴물들이 존재할 줄이야.

'그러고 보니 나도 정상은 아니군. 크크크크.'

입가에 괜히 자조적인 웃음이 걸린다. 상대방을 이백 년을 넘게 산 노괴물이라고 말했지만, 그것은 지금 자운 역시 마찬가지가 아닌가.

'결국은 괴물 대 괴물의 싸움이라는 말이지.'

그가 고개를 들어 하늘을 바라본다. 밤 동안 계속 이어진 사투의 끝에 어느새 새벽의 여명이 밝아오고 있었다.

환한 햇살이 자운의 얼굴 위로 가득 번져 나간다.

'괴물을 상대하기 위해 날 살려두었나?'

그답지 않게 하늘을 향해 질문이라도 던지는 자운, 하지만 하늘은 답을 해주지 않았다.

자운 역시 하늘이 대답을 해줄 리가 없다는 사실을 잘 알고 있었다.

피식 하고 웃음을 터뜨리는 자운.

'천명 같은 개소리하고 있네. 난 그냥 내가 잘나서 살아 있는 거야.'

자운이 드러누운 자리에서 눈을 감았다.

"아. 피곤하다. 좀 자자."

第三章 주변을 좀 파괴한다는 게 흠

황룡난신

 자운이 삼공과의 치열한 싸움을 끝내었을 무렵, 무림맹의 맹주인 남궁인과 문상 제갈운 사이에서는 심각한 이야기가 흘러가고 있었다.
 아침 해의 여명이 밝아올 무렵이 되도록 끝나지 않은 이야기, 그 이야기는 지금 정도무림의 존망을 걸어야 할 정도로 중요한 이야기였기에 쉬이 끝낼 수 없었다.
 "이공이라는 존재가 그토록 강력하다는 말인가?"
 남궁인의 말에 문상 제갈운이 참담한 표정으로 고개를 끄덕였다. 무려 절대고수 셋이 덤벼들고도 그를 이겨내지 못했다.

아니, 가지고 놀 듯이 했다고 한다.

그 자리에서 신승이 목숨을 잃었고, 간신히 도주해 온 괴걸왕과 주선의 말이었다.

절대고수들은 대부분 자신의 무력에 자신을 가지고 있기 때문에 쉬이 패배를 인정하지 않는다.

그중에서도 더 특별히 무위에 자신을 가지고 있기로 유명한 이들이 바로 괴걸왕과 주선이었다.

그런 괴걸왕과 주선이 고개를 절레절레 흔들었다.

그 말은 현 무림맹의 맹주인 남궁인이 나선다고 하더라도 그를 상대할 수는 없다는 말이었다.

"허어. 하필이면 그와 같은 자가 지금 무림에 나오다니. 문상께서는 그 이유를 알 수 있겠는가?"

제갈운 역시 그런 생각을 한 적이 있었다. 처음부터 그자들이 세상에 나왔더라면, 어쩌면 이미 천하는 적성의 손에 있지 않았을까?

그렇다면 어찌해서 처음부터 나선 것이 아니라 지금이 되어서야 움직인 것일까?

오랜 장고 끝에, 그는 나름대로 진실에 근접할 수 있었다.

"아무래도 난신 때문이 아닐까 생각합니다."

그 말에 남궁인 탁 하고 탁자를 때렸다.

"문상은 지금 삼공이 나선 것이 무상 때문이라는 말씀이신고?"

제갈운이 고개를 끄덕였다.

"본래 삼공은 이 전쟁에 참여하지 않았을지도 모릅니다. 하지만 그들이 모습을 보이기 시작한 것은 칠적들이 모두 무상의 손에 힘을 잃은 후였습니다."

사실 일적이 살아 있을 때부터 움직이기는 했지만 삼공들이 처음으로 모습을 드러낸 순간은 칠적이 모두 사망한 후였다.

그러니 제갈운은 그런 결론을 내릴 수밖에 없었고 사실 그 결론은 진실과 매우 근접하게 닿아 있었다.

제갈운의 말에 남궁인이 천천히 입술을 곱씹었다.

생각해 보자 제갈운의 말이 전혀 일리가 없지는 않았던 것이다.

"으음."

그의 입을 비집고 침음성이 흘러나온다. 삼공이라는 괴물 같은 이들이 자운 때문에 나왔다고는 하나, 그가 없었더라면 무림은 이미 적성의 손에 떨어졌을 것이다.

'양날의 칼이라는 말인가.'

괜히 머리가 지끈거리며 아프다. 자운에 대해서 생각하

자 그들이 사천 땅의 강시당에 임무를 처리하기 위해 나가 있다는 기억이 떠올랐다.

"그렇다면 무상은, 지금 무림맹이 뒤로 물러선다면 무상은 어떻게 되는 것이오?"

자운 혼자라면 얼마든지 사천 땅에서 몸을 뺄 수 있겠지만, 지금 그의 주변에는 황룡문의 문도들이 있었다.

또한, 자운이라 할지라도 삼공을 상대할 수 있다는 확신도 없지 않은가.

남궁인의 물음에 제갈운이 고개를 절레절레 흔들었다.

"아무리 난신이라 할지라도 힘들 것 같습니다."

그의 얼굴이 참참한 표정으로 변했다.

삼공이라는 존재들은 그야말로 전설 속에 나오는 괴물과 같았다. 그래서 평범한 인간의 힘으로는 감히 대적할 수 없다.

제갈운의 말에 남궁인이 손으로 빙글 하고 탁자 위를 그으며 말했다.

"세상에서 무상을 부르는 이름은 난신 말고 하나가 더 있더군."

아직 난신에 비해서 많이 알려지지 않은 이름이다. 아니, 솔직히 말해서 난신이라는 별호에 비해서는 전혀 알려지지 않을 것이다.

그가 싸울 때의 모습을 보면 그 별호가 비슷하게 느껴질지 모르나 그가 지나간 자리를 확인한다면 사람들은 두말할 것도 없이 난신이라 칭할 것이 분명했기 때문이다.

"용제 말씀이시군요."

용제(龍帝).

여섯 마리의 황룡을 휘감고 구름 속에서 춤을 추듯 적성의 고수들을 쓰러뜨린 자운을 몇몇은 그리 불렀다.

용제라, 참으로 오만한 별호가 아닌가.

"괴물이라면 괴물끼리 싸우게 해야겠지. 그래도 그가 승산이 없다고 생각하나?"

제갈운이 고개를 끄덕였다.

삼공에 대한 이야기를 들었을 때 가장 처음 대항마로 떠올린 이가 바로 난신이라 불리는 자운이었다.

그래서 검토해 보았다.

몇 날이고 검토해 보았지만, 지금의 자운으로서는 절대로 삼공을 이길 수 없다는 결론이 내려졌다.

그것은 철저하게 모든 감정을 배제하고 머리로만 내린 결론이라서 더욱 확신할 수 있었다.

"예."

그 말에 남궁인이 빙긋 하고 웃는다.

"자네의 말대로라면 정파의 무림은 끝난 것이나 다름

없군."

"그럼에도 불구하고 웃으시는 데는 연유가 있겠지요?"

제갈운의 말에 남궁인이 고개를 끄덕였다. 남궁인은 단 한 번 자운을 만나보았을 뿐이지만 아무것도 읽어낼 수 없었다.

"나는 그에게서 아무것도 읽어낼 수 없었네."

"한 번의 만남일 뿐이었습니다."

"그의 성품 따위를 말하고자 함이 아니네. 나는 그저 그의 무위의 끝자락을 읽어내는 것도 어려웠네. 마치 안개가 낀 호숫가를 걸어가는 듯했지. 발끝은 보이지만, 그 앞은 보이지 않는 매우 진한 안개가 낀 호숫가였네."

그 말에 제갈운이 아무런 말을 하지 않았다. 세상에는 절대고수가 있어 무의 극을 보았다고 한다.

확실히 절대고수들은 무의 극을 보았다고 봐도 좋을 만큼 강한 이들이 분명했다.

하지만 지금 무림에, 그들을 훨씬 능가하는 이들이 나타났다.

적성의 주구이며 스스로를 삼봉공이라 칭하는 이들이었다.

지금 남궁인이 하는 말이 사실이라면 자운이 그들과 같은 경지에 올라 있다는 말이 아닌가.

절대고수를 아득히 넘어선, 현재로서는 지칭할 단어조차 없는 경지에 자운이 올라 있다는 말인가?

제갈운이 아무런 말도 하지 않자 남궁인이 계속해서 말을 이어나갔다.

"문상, 나랑 내기 하나 하겠는가?"

"…무슨 내기를 말씀이십니까?"

"무상이 그들을 상대할 수 있을지 없을지에 관한 내기 말이네."

"……."

그 순간이었다. 맹주전의 문이 왈칵 하고 열리며 무림맹의 정보를 담당하는 천이각주(天耳閣主)가 헐레벌떡 뛰어들어 왔다.

그 채신머리없는 모습에 제갈운이 엄하게 한마디를 하려 했으나 천이각주의 입에서 튀어나온 급보라는 말이 제갈운의 입을 틀어막았다.

"급보! 급보입니다. 사천성 강시당에 나타난 삼봉공 중 삼공과 무상께서 충돌하셨다고 합니다!!"

그 엄청난 소식에 제갈운이 자리를 박차고 일어났다.

쿵—

그가 앉아 있던 의자가 뒤로 넘어가고 탁자가 그 바람에 흔들리며 차가 쏟아질 뻔하였으나 남궁인이 탁자를 가볍게 두드려 쏟아지는 차를 모조리 담아내었다.

 신기에 가까운 모습이었으나 제갈운으로서는 그런 남궁인의 신기에 감탄하고 있을 수가 없었다.

 천이각주의 다음 말이 무림의 운명을 가를 만큼 중요하였기 때문이다.

 자운이 삼봉공을 상대할 수 있는가 없는가!

 무림의 운명은 여기서 갈라질 것이다.

 "그 결과 무상께서는 열한 마리의 황룡을 휘감고 삼공과 충돌, 수 시진에 이어지는 격전 끝에 승리하셨다고 합니다!"

 열한 마리에 이르는 황룡이라는 단어도 들려오지 않았고 수 시진에 이어지는 격전이라는 단어도 들려오지 않았다.

 제갈운의 귓가에 들려오는 글자는 단 두 글자, 승리라는 단어였다.

 그것은 남궁인 역시 마찬가지였다.

 소식을 전해들은 남궁인이 고개를 끄덕이며 허허로운 웃음을 털어낸다.

 "허허허. 내 뭐라고 했는가. 괴물과 괴물을 싸우게 한다면 가능성이 있을 거라고 했지 않은가."

 그 뒤로 남궁인이 한마디를 더했다.

 "이미 결론이 내려졌으니 안타깝게도 내기를 할 수는 없을 듯하군."

제갈운이 고개를 끄덕였다.

"그는 정말, 정도무림의 구성이었군요……."

남궁인이 제갈운의 말에 설명을 덧붙였다.

"그렇지. 근데 주변을 좀 파괴한다는 게 흠이지. 흠흠."

* * *

자운의 승리 소식이 무림맹에 들어갔을 무렵, 같은 소식은 일공의 귀에도 역시 들어가 있었다.

일공이 수하가 전하는 소식을 귀를 기울여 들었다.

그리고는 삼공의 죽음을 알리는 장면에서는 박장대소를 토한다.

"옳거니! 결국, 삼공이 죽었다는 말이렷다?"

일공의 말에 수하가 속으로는 찌그러진 감정을 드러내지 않으려 노력하며 답했다.

"그, 그렇습니다."

하지만 떨리는 목소리는 숨기기 어려웠다. 지금 그가 보고를 하고 있는 인물은 삼봉공 중 최고라는 일공, 한데 그가 같은 동료인 삼공의 죽음을 듣고서 저렇게 웃음을 터뜨린다.

어찌 저럴 수 있을까 하는 생각이 들었다.

"그렇군. 그랬어. 과연 난신이라는 말이지."

머릿속에서 소용돌이치는 호기심은 그 크기를 부풀려 갔다.

"슬프지 않으십니까?"

급기야 그 호기심은 자신을 단번에 집어삼켜 버릴 수 있는 맹수 같은 존재에게 물음을 청하게 하기까지 한다.

말해놓고 그는 헙 하며 헛바람을 들이쉬었다. 고개를 들어보자 일공의 동그란 눈동자가 그를 바라보고 있었다.

죽는다.

필히 죽을 것이다.

수하는 그렇게 생각했다. 어떻게 죽는지도 모르고 어깨 위의 것이 피를 흘리며 떨어질 것이다. 고통이 느껴질 때 즈음이면 이미 그는 죽어 있을 것이다.

그는 자신의 죽음을 몇 번이나 되뇌었다. 하지만 그가 생각한 죽음은 찾아오지 않았다. 오히려 일공은 웃음을 터뜨리고 있었다.

"파하하하하핫. 슬프지 않냐고? 당연히 슬프지 않지."

그가 자신의 손바닥을 쫘악 하고 펼쳐 수하의 눈앞으로 들이밀었다.

갑자기 손바닥을 왜 보여주는 것인가.

의문이 일었으나 이번에 물으면 죽을지도 모른다는 공포감 때문이지 쉬이 입이 떨어지지 않았다.

입술이 달달달 떨린다.

그런 그의 궁금증을 일공이 해소해 주었다.

"내 손바닥 위에서 놀고 있던 장기말 중 하나가 장기판 위에서 떨어졌다고 슬퍼할 것 같나?"

그가 눈을 동그랗게 뜨고 웃으며 말한다.

하지만 그 의미가 가진 파장은 엄청난 것이라 할 수 있었다.

삼공이라는 존재가 고작해서 일공의 장기말일 뿐이었다니.

일공의 설명은 거기서 그치지 않고 계속해서 이어졌다.

"슬프지 않네. 단언하는데 절대로 슬프지 않네. 삼공은 난신이라는 아해의 실력을 시험해 보기에 충분한 존재였지. 그러면 충분히 일성을 죽일 수 있을 걸세."

일성을 죽인다는 말은 직설적으로 말한다면 적성의 우두머리를 죽인다는 의미였다. 지금 일공은 그런 말을 아무렇지 않게 뱉어낸 것이다.

"이이제이(以夷制夷)라고 하지. 자네는 내가 일성보다 약하기에 일성의 아래에 있는 것이라 생각하는가?"

일공이 일성보다 강하다?

말을 듣는 수하의 머릿속에서 온갖 의문이 소용돌이쳤다. 어느 하나 혼란스럽지 않은 말이 없었다.

 일성을 죽인다는 말은 또 무엇이고 일공이 일성보다 강하다고 말하는 듯한 말투는 또 무엇이란 말인가.

 어느 하나 이해하기 쉬운 것이 없었다. 그런 수하를 향해 일공이 친절하게 입을 연다.

 "마공에는 엄격한 상관관계가 있어 하위의 마공은 상위의 마공을 절대로 이길 수 없네. 일성의 무공은 마공 중에서도 제일 높은 곳에 있는 것이지. 나는 그의 눈빛만 봐도 오금이 떨리고 몸이 저려온다네."

 하여 일공은 일성보다 월등히 강한 무력을 가지고도 그를 죽일 수 없다.

 사실 월등히 강한 정도는 아니었지만 일공의 무공은 일성의 경지를 넘어선 지 오래였다. 일성의 무공이 별의 힘을 받는 무공이라고는 하나 인간의 육체로 받아들일 수 있는 별의 힘에는 한계가 있다.

 그에 비해 일공이라는 존재는 자신의 무공으로 스스로 인간의 한계를 아득히 초월해 버린 존재, 육체의 한계 역시 마찬가지로 뛰어넘었다.

 당연히 일성이 담고 있는 힘보다 일공이라는 그릇에 담긴 힘이 훨씬 강했다. 하지만 그 빌어먹을 마공의 상관관계라는 것이 문제였다.

"아니, 나뿐만이 아니라 마공으로는 절대로 일성을 죽일 수 없지."

그래서 다른 이의 힘을 빌리려 한 것이다. 일공은 계획을 세우는 즉시 가능성이 있는 고수들을 찾았다.

그리고 그들 중에서 가장 강하다고 할 수 있는 자운을 시험했다.

삼공을 죽일 정도의 무력이 있다면, 몇 가지 수가 더 더해진다면 능히 일성을 죽일 수 있을 것이다.

그것이 일공이 내린 판단이었다.

적의 손을 빌려 적을 제압한다.

그래서 이이제이.

일공이 씨익 하고 웃었다.

"그런데 내가 왜 이런 말을 자네에게 해주었을 것이라 생각하나?"

대계라는 것은 위험하기 그지없어 사람의 입을 타게 해서는 안 된다. 그럼에도 불구하고 일공은 이 대계를 자신의 수하에게 태연하게 일러주었다.

왜 그랬을까?

주륵—

눈앞이 흔들렸다.

고개를 숙여 아래를 내려다보자 가슴팍에 길게 이어진 자상과 함께 피가 흘러나오고 있었다.

다시 고개를 들어 일공을 마주했다.

"그건 자네가 이미 시체이기 때문이지. 시체가 일어나 소문을 내는 경우는 없으니까."

일공이 히죽 하고 웃었다.

*   *   *

"뭐? 퇴로가 차단되었다고?"

자운의 말에 운산이 고개를 끄덕였다. 조금 전에 무림맹에서 전해온 소식에 따르면 무상부의 인원, 그러니까 다시 말하면 황룡문도들이 무림맹으로 돌아올 퇴로가 차단되었다고 한다.

그 이유가 바로 이공이라는 존재 때문.

자운이 자신의 앞에 가슴이 쩍 벌어진 채로 핏물을 쏟아내며 죽어 있는 존재를 발로 툭 찼다.

시체에 대한 모독이다 나발이다 하는 이들이 있을지도 모르나 이 중에는 그런 말을 할 이가 없었다.

더군다나 노인공격 경로사살이라는 농을 던지는 자운인 만큼 시체훼손 따위는 아무렇지 않은 문제였다.

"그러니까 이런 새끼가 하나 더 튀어나와서 길을 막았다는 말 아니냐?"

자운이 머리를 굴렸다.

지금 속이 온통 진탕된 상태고 내상도 조금 입었다. 아니, 엄밀히 말하면 좀 많이 입었다.

검강을 상대하는 고수 수준까지는 손쉽게 상대할 수 있겠지만, 아무리 힘을 내어도 절대고수들과의 싸움에서는 승리를 장담할 수 없다.

그런 상황에서 절대고수가 아니라 이런 괴물 같은 놈과 싸워 길을 뚫는다?

말도 안 되는 일이었다.

그냥 입에 칼 물고 고꾸라져 죽는 편이 오히려 편할 것이 분명했다.

욕지기가 입 끝으로 치밀어 올랐다.

"씨발!"

이건 그냥 죽으라는 꼴이지 않은가. 괜히 하늘이 원망스러워진다. 이백 년이나 지났다고 해서 절대적인 무위를 가지고 천하를 떵떵 울리면서 편하게 살 줄 알았더니 이게 뭔가!

천하를 떵떵 울리고 있기는 한데 전혀 편하지가 않다!

"빌어먹을 하늘!"

주변을 좀 파괴한다는 게 흠

자운이 하늘을 향해서 소리쳤다. 도대체 왜 이딴 시대에 잠을 깨워서 날 귀찮게 한다는 말인가.

자운이 속에 담긴 말을 주르륵 쏟아내려고 자세를 잡는 찰나, 운산이 자운을 불렀다.

"이제 선택해야 합니다."

자운이 하늘에 대고 냅다 욕을 하려던 표정 그대로 운산을 노려보며 소리쳤다.

"뭘 말이야, 씨발! 지금 여기서 칼 물고 죽을지 아니면 가서 싸우다 죽을지 결정해야 한다는 건가?"

말은 그렇게 했지만 자운의 머리는 상당히 냉정히 돌아가고 있었다.

지금 이대로 이공이라는 자와 충돌을 하면 필패다. 차라리 다른 방법을 선택하는 것이 좋을 것이다.

운산이 고개를 절레절레 흔들었다.

"그런 말이 아니라는 것쯤은 잘 알고 계시지 않습니까."

운산의 말에 자운이 깊은 숨을 토해낸다.

"그렇지. 젠장. 좋아. 생각을 해보자고. 지금 이대로 이공을 향해 달려가면 우리는 죽어. 절대로 죽는다. 목이 잘려서 하늘을 훨훨 날겠지. 허공답보 따위 쓰지 않아도 모가지가 하늘을 촌각 정도는 비행할 수 있을 거야. 음음, 좋아. 나쁘지 않은 수법이야. 다른 수법은 뭐가 있는지 알아?"

자운의 말에 황룡문도들이 시선을 집중했다. 지금 자운이 웃으며 말한 것은 최악의 수였다.

전멸하는 방법을 가장 희극적으로 표현한다면 저렇게 표현할 수 있을 것이다.

그렇다면 두 번째 방법은 무엇일까?

"놈들의 퇴로를 우리가 다시 한 번 잘라 버리는 거다."

자운이 바닥에 그림을 그리기 시작했다. 둥그렇게 손가락으로 그림을 그려 청해라고 적는다.

청해성은 무림맹이 있는 곳이었다.

그 아래로 차례로 사천, 운남, 감숙, 귀주, 중경, 섬서를 그려 넣었다.

정확하게 천하의 서쪽을 그려낸 절반, 자운이 사천땅과 감숙을 검게 칠했다.

"여기서부터가 지금 적성 놈들의 땅이라는 말이지."

자운이 손가락으로 운남부터 귀주, 중경, 섬서를 연결시켰다.

"그렇다면 우리는 이곳을 먹어서 놈들을 다시 한 번 고립시킨다. 그동안 난 내상을 회복해서 이공과 싸울 준비를 하는 거지."

그렇게 된다면, 사천 땅과 감숙 땅은 무림맹과 자운으로 인해서 수복된 정파의 지역 사이에 끼게 될 것이다.

내상을 회복한 자운이 이공을 막을 수만 있다면, 절대고수의 숫자로는 적성을 압도하는 무림맹이 사천땅과 감숙땅을 수복하는 것은 어렵지 않았다.

천하의 절반이 다시 정파의 아래로 들어오는 것이다.

"하지만 이건 꽤 큰 위험이 따를 거야. 우리는 수도 많이 없는데 우리 힘으로 해내야 하는 일이다. 지금 당장 무림맹은 사천 땅을 넘어 지원군을 보내줄 수 없어. 난 안 죽겠지만 전투를 하며 우리 중에서 몇 정도는 죽겠지."

자운이 어깨를 으쓱했다.

"단체로 사이좋게 어깨동무하고 의리 지키면서 죽을래, 몇 명 정도가 죽을지도 모르지만 정파의 영웅으로 기억되어 볼래?"

자운이 묻지 않아도 이미 답은 정해져 있는 것이었다.

황룡문도들이 힘차게 소리쳤다.

"정파의 영웅이 되는 길을 택하겠습니다."

그 말을 들은 자운이 씨익 하고 웃었다.

"그렇지? 사실 나도 입에 칼 꼬나물고 뒈지기는 싫었어."

결정을 내린 황룡문의 행보는 거침없었다. 단번에 사천 지역 주요 문파들을 습격하기 시작한 것이다.

적성에 붙어서 한몫 잡아보려던 일부 사파에게는 그야말

로 청천벽력 같은 소식이었다.

 자운이 내상을 입어서 약해졌다고는 하지만, 그건 어디까지나 자운의 기준이었다. 사파의 문주들이 자운의 일검을 막지 못했으니 당연한 일일 것이다.

 또한, 황룡문의 문도들 역시 격전을 겪으며 고수가 되어 있었다.

 그 수는 적었지만 단번에 적들을 쓸어버리기에는 충분할 정도의 고수, 그 선두에 서 있는 이들은 당연히 운산과 우천이었다.

 사실을 말하자면 자운은 싸움에 크게 개입하지도 않았다.

 중간 중간 끼어들기는 했으나 황룡문도들이 위험할 경우에만 잠시간 도와주고 빠지는 식이었다.

 실질적으로 그들을 앞에서 이끄는 이는 운산과 우천이었다.

 운산의 검에서 황금색 검강이 번득였다.

 쩌억―

 땅이 그대로 갈라지며 앞으로 황금색 강기가 쏟아졌다.

 검의를 담은 강기는 그대로 날아가며 앞을 막아서는 모든 것들을 베어버린다.

 콰과과광―

강기와 충돌한 기둥이 무너져 내리며 건물이 통째로 무너졌다.

그 사이에서 인영 하나가 솟구쳤다.

콰드드득―

날아오르며 운산을 향해 검을 뿌린다.

귀살문의 문주 팔달이었다.

"이놈! 네놈들은 누구인데 귀살문의 영역에서 이런 일을 벌이는 것이냐. 적성이 무섭지 않느냐?"

운산이 자신의 앞으로 날아오는 강기의 다발을 그대로 쳐내며 고개를 끄덕였다.

"응. 안 무서워. 우리는 황룡문이니까."

검을 쥔 손 가득 힘이 들어가고, 운산의 몸이 허공으로 솟구쳤다.

단번에 팔달이 있는 곳으로 솟구친 운산이 검을 수직으로 내리그었다.

"황룡문?!"

팔달이 검을 움켜쥐며 땅을 향해 수평으로 휘두른다.

쾅―

팔달의 검과 운산의 검이 충돌했다. 팔달이 바닥으로 떨어졌다.

쿵―

팔달의 다리가 휘청하고, 운산 역시 팔달의 맞은편에 내려선다.

"그래. 황룡문."

팔달이 얼마 전에 들려온 소문을 곱씹었다. 황룡문의 손에 강시당이 멸문당했다는 소식.

그리고 그 후에도 적성에 협력했던 몇 개의 크고 작은 사파가 박살 났다는 소식들이 팔달의 귀에 들려왔었다.

하지만 팔달은 헛소문이라고 치부했다.

이곳은 적성의 땅이다. 그것도 적성의 땅 한복판이었다.

무림맹과 전쟁을 하고 있는 사천성 외곽 쪽이라면 모를까, 여기는 황룡문이 절대로 나타날 수 없었다.

그래서 헛소문이라 치부했다.

한데 나타났다. 팔달이 눈알을 뒤룩뒤룩 굴렸다. 황룡문이 나타난 것이 문제가 아니다. 아무리 황룡문이 강하다고는 하지만, 귀살문 역시 강했다.

황룡문이 몇 개의 크고 작은 군소방파를 몰락시켰다고는 하지만 그들이 몰락시킨 문파보다 귀살문은 훨씬 강했다.

하지만 걱정이 되는 이가 있었다.

바로 난신!

온몸에 황룡을 휘감고 지나가는 모든 자리를 쑥대밭으로 만든다는 난신의 존재는 귀살문 전체가 나선다고 할지라도 한 줌 혈수로 만들어 버릴 정도의 고수였다.

황룡문도들과 함께 그가 왔다면 귀살문은 필패다.

하지만 주변을 아무리 찾아봐도 황룡을 휘감고 싸우고 있는 사내는 없었다.

자운의 외모는 알려진 편이 아니었기 때문에 얼굴만 보고 그가 난신이라는 것을 알아채는 것은 어려웠다.

그래서 그는 바로 눈앞에서 웃고 있는 자운의 존재를 간과했다.

"흐흐흐. 난신은 오지 않은 모양이구나."

그가 웃으며 검을 움직였다.

쉭쉭쉭—

뱀이 혓바닥 날름거리는 소리를 내며 그의 검이 곡선을 그렸다.

운산이 검을 움직였다. 황룡의 움직임이 검끝에서 꿈틀거리며 팔달의 검을 차단한다.

촤자장—

"이건 또 무슨 소리야?"

대사형이라면 저기 있지 않은가. 하지만 운산으로서는 굳이 설명해 줄 이유를 느끼지 못했다.

'알면 절망밖에 더하겠어.'

자운이 황룡무상십이강 중 하나인 호룡만 꺼내서 밀어버

려도 이런 문파 하나는 단번에 날아간다.

그 자리에서 문파 전체가 쑥대밭이 되어버릴 것이다.

운산이 검을 휘둘렀다.

황금빛 광채가 포물선을 그리며 허공에서 폭발한다.

쾅 하는 소리가 들리며 팔달의 몸이 뒤로 주르륵 밀려났다.

하지만 피해는 없어 보인다. 하기사, 피해를 줄이기 위해 팔달 스스로 몸을 뒤로 물린 것이니 거기서 피해를 입는다면 우스울 것이다.

운산이 팔달에게 쉬는 틈을 주지 않겠다는 듯 쫓아서 내달렸다.

파바밧—

모래먼지가 일어나며 운산의 몸이 단번에 팔달의 지근거리까지 도달한다.

쾅—

허공에서 수직으로 떨어지는 검날!

팔달이 고개를 숙이며 운산의 힘을 비스듬하게 흘렸다.

하지만 내려치는 힘이 워낙 무지막지했는지라 힘을 흘렸음에도 불구하고 입을 비집고 신음성이 흘러나왔다.

"큭."

신음성을 흘리면서도 팔달이 몸을 비틀었다. 허리가 휙

하고 돌아가며 발 뒤축에서 시작된 회전력이 검에 머금어졌다.

까가가강—

검과 검이 연달아 충돌하는 소리가 들리며 운산의 검이 뒤로 밀려났다.

그 틈을 타서 팔달이 뒤로 몸을 뺀다.

"어딜 도망가!"

운산이 손을 뻗었다.

허공에 용음이 울리며 펼쳐지는 것은 용구절천수.

하늘이 아홉 번 끊어지며 용의 입이 팔달의 어깨를 움켜쥔다.

꽈드득—

"으아아아아악!"

어깨가 틀어지는 비명 소리와 함께 팔달이 기겁을 하며 뒤로 내뺐다. 운산의 용구절천수에 왼쪽 어깨가 그대로 박살이 난 것이다.

팔달이 거친 호흡을 몰아쉬며 자신의 어깨를 살폈다.

팔의 근육과 뼈가 멀쩡한데도 불구하고 팔을 움직일 수가 없다. 어깨 쪽의 뼈가 완전히 박살 났음이 틀림없었다.

"크윽."

난신이 오지 않았다면 황룡문 따위 별것 없으리라 생각

했던 것이 오산이었다.

　난신이 오지 않더라도 황룡문은 특히 강했다. 더군다나 눈앞의 황룡문 문주라는 녀석은 자신을 압도할 정도의 실력을 가지고 있지 않던가.

　'이대로는 이길 수 없다.'

　그가 눈을 뒤룩뒤룩 굴렸다.

　눈을 굴리자 전장의 상황이 한눈에 들어온다. 황룡문의 인원이 적기는 하였으나 확실히 우세를 점하고 있었다. 이런 상황에서 자신이 황룡문의 문주라는 애송이에게 진다면 사기가 떨어질 것이다.

　'그렇게 된다면 필패.'

　입술을 질겅질겅 씹었다. 가슴팍에 품어둔 마지막 한 수가 떠오른다.

　'이걸 단번에 쓰면 절대로 통하지 않겠지?'

　그가 조용히 운산의 눈치를 살폈다.

　자운이 전장을 돌아보던 와중에 운산과 대치하고 있는 팔달을 발견했다.

　특별한 일이 없는 이상 전장에 개입할 생각은 없었지만, 놈의 눈빛이 너무 찝찝했기에 자운은 계속해서 놈을 주시했다.

팔달은 자운이 자신을 바라보는 것도 알지 못한 채로 운산과 대치하며 눈알을 굴리고 있었다.

'저거 느낌이 더러운데?'

자운이 고개를 갸웃하며 자신을 향해 칼을 휘두르는 귀살문도의 뺨을 때렸다.

우직 하는 소리가 들리며 놈의 입이 그대로 틀어진다.

그 속에서 하얀 이빨 몇 개가 핏물에 범벅이 된 채로 우수수 하고 떨어져 내렸다.

"그러니까 칼질을 하지 말라고. 니들이 안치면 나도 칠 생각은 없어."

자운이 조소를 머금으며 들으라는 듯이 중얼거린다.

'그래 봐야 전멸이라는 사태는 피하기 어렵겠지만 말이야.'

주변을 대충 살피니 황룡문이 확실한 우세를 점하고 있었다. 자신이 폐관수련에 든 동안 실전에서 사선을 넘나들며 쌓아온 경험들이 빛을 발하는 듯했다.

자운이 고개를 끄덕인다.

'나쁘지 않군.'

문제는 지금 운산과 대치 중에 있는 팔달이었다. 그 순간, 운산의 몸이 번쩍하며 팔달을 향해서 날아든다.

'그래. 무슨 수를 쓰기 전에 끝을 내버려.'

그게 속이 시원하고 편할 것이다. 운산이 날아오자 팔달 역시 검을 움직였다.
 한쪽 팔을 움직일 수 없었기 때문에 균형을 잡는 것이 쉬운 일은 아니었지만 어찌어찌해서 운산의 검을 비켜내었다.
 그리고는 단번에 운산의 가슴팍을 향해 치솟는다.
 운산이 손을 움직여 놈의 움직임을 막았다.
 팍팍―
 공수의 전환이 일어나며 운산의 손에 팔달의 모든 공격이 차단된다.
 운산의 손발이 어지러워진 순간 팔달이 자신의 검을 버렸다.
 쨍그렁 소리가 들리며 검이 바닥으로 떨어진다.
 '무슨?'
 팔달과 공수를 나누던 운산이 당혹감을 머금었다. 지금은 전투 중이 분명한데 검을 버리다니, 이게 있을 수 있는 일이란 말인가.
 여러 가지 생각이 교차했지만, 몸은 그보다 빠르게 행동한다.
 검을 버린 적을 살려두지 않고 베어버리기 위해 운산의 손이 움직였다.

팔달의 손 역시 움직였다. 하지만 그 행동은 운산의 검을 막으려는 것이 아니었다.

자신의 가슴팍으로 손을 쑤욱 집어넣는 팔달, 그가 한 움큼 움켜쥔 것은 바로 독모래였다.

파앗—

독모래가 사방으로 뿌려진다.

동시에, 자운의 몸이 빛살처럼 허공을 갈랐다.

콰앙—

자운의 손에서 뿜어진 한줄기 화염이 운산과 팔달의 사이를 갈랐다. 독에는 상극이라는 극염의 기운, 화끈한 열풍이 불어닥치며 독모래를 모두 날려 버렸다.

갑작스럽게 불어온 열풍에 운산과 팔달이 모두 화들짝 놀라며 뒤로 몸을 뺐다.

"젠장!"

몸을 빼며 팔달이 욕을 토했다. 회심의 한 수였는데 어디서 튀어나온 놈이 그 한 수를 방해한다는 말인가.

그가 입술을 잘근잘근 씹으며 놈을 향해서 뛰어갔다.

젊어 보이는 것이 썩 강해 보이지도 않는다. 아마도 평범한 황룡문의 문도 중 하나일 것이다.

무슨 수를 써서 화염을 쏘아냈는지는 모르겠지만 횃불이

나 화섭자 따위를 이용한 것이 틀림없다.

그것을 이용해 자신의 계책을 틀어버린 놈을 용서할 수 없었다.

"이노옴! 죽어라!"

자운이 피식 하고 웃었다.

동시에 주먹을 뻗는다.

"개소리하지 말고 네가 뒈져!"

뻐억—

자운을 향해 뛰어가던 팔달의 몸이 허공중에서 몇 번이나 회전했다.

회전을 마친 그의 몸이 실 끊어진 추 마냥 아래로 뚝 떨어져 내린다.

떨어진 그의 입은 함몰되어 있었다. 그 입으로 무언가 알 수 없는 말을 중얼거렸다.

"으어. 으어어. 으어우부어어어어."

운산이 검을 들고 팔달을 향해 천천히 다가갔다. 그가 다가오자 팔달의 괴성이 더 커진다.

"으어어어어! 으어부어어엉!"

운산이 괴성이 듣기 싫은 듯 미간을 찌푸렸다. 그리고는 검을 하늘 높게 치켜든다.

"말을 할 거면 똑바로 해. 멍청아."

콰득—

팔달의 목이 바닥으로 굴러떨어졌다. 운산이 검을 쥐지 않은 손으로 목을 들어 올렸다.

그가 굳게 붙잡은 팔달의 목을 흔들며 소리쳤다.

"우리가 이겼다아!!"

황룡문은 또 하나의 사파를 멸문시켰다.

第四章
젠장. 독거노인한테 염장을 지르는구나

황룡난신

반지화(攀枝花).

사천성의 끝자락에 걸려 있는 현으로서 운남으로 넘어가는 주요 길목이기도 하다.

운남성과 거래하는 상단들이 넘나드는 길목이었기 때문에 현의 규모는 사천성에서도 나름대로 꽤 컸다.

자운들이 반지화에 도착한 것은 해가 서산 너머로 넘어갈 무렵이었다.

자운이 반지화의 시내를 이리저리 둘러보며 중얼거렸다.

"이상하게 칼 찬 사람이 많이 보이네."

고개를 갸웃하며 주변을 살피는 자운, 자운의 눈에 비친 시장거리에는 칼을 찬 사람들이 이리저리 돌아다니고 있었다.

도대체 무슨 일이 있기에 이렇게 칼을 찬 이들이 주변을 돌아다닌다는 말인가.

그 궁금증은 오래지 않아 해소되었다.

칼을 찬 무사 중 하나가 시장 상인에게로 다가가더니 뾰족한 검극을 불쑥 하고 들이민다.

그리고는 시장상인의 목을 움켜쥐었다.

"혹 이 주변에 수상한 놈들 본 적 있어?"

날카로운 예기가 목을 저릿저릿하게 하자 상인은 겁에 질려 오들오들 떨면서 고개를 흔들었다.

"수, 수상한 사람이라니요. 그, 그런 사람 본 적 없습니다."

"그래? 정말로 본 적이 없다는 말이지? 혹시 그놈이 정검문의 문주라서 숨겨주는 건 아니고?"

상인이 고개를 세차게 휘저었다.

오들오들 떠는 모습이 안쓰럽기까지 하다.

"그, 그럴 리가요. 절대로 그럴 일은 없습니다."

그의 말에 그제야 무사는 검을 검갑 속으로 갈무리했다.

"혹시라도 놈을 보면 꼭 연락을 해야 한다. 알겠어?"

"예. 예 당연하지요. 꼭 연락을 하겠습니다."

상인의 대답이 마음에 들었던 듯 그가 씨익 웃으며 가판대에서 노리개 하나를 집어 들었다.

딱 봐도 값이 제법 나가 보이는 듯한 노리개를 이리저리 살피더니 품속으로 챙기는 무사.

"어이쿠. 무사님 그건……."

"왜, 내가 이걸 가지고 가는데 불만이라도 있나?"

전형적인 사파의 행세였다.

"아닙니다. 아닙니다."

서슬 퍼런 목소리가 들려오자 상인은 곧바로 꼬리를 내렸다. 아무런 힘도 없는 가판상인으로서는 무공을 익히고 칼까지 든 무림 무사를 상대할 수 없는 것이 현실이었기 때문이다.

무사가 떠나가자, 꽤나 비싼 노리개였던 듯 그의 어깨가 추욱 처졌다.

자운이 그를 향해 다가갔다.

아무래도 상인이라면 지금 주변에 무사들이 왜 이리 많은지 알 것 같았기 때문이다.

"이보시오."

"예? 왜 그러십니까?"

상인의 눈초리가 바로 자운의 허리로 향했다. 허리춤에

차여져 있는 검, 검갑 속에 갈무리되어 있어 황룡신검이라는 것이 티가 나지는 않았지만 분명 무림인들이 차고 다니는 장검이었다.

상인은 조금 전에 겪었던 일을 되새기는 듯 목소리에 겁이 실려 있었다.

자운이 그를 한 번 안쓰러운 표정으로 바라보고는 물었다.

"방금 무슨 일이 일어난 거야? 무사들이 왜 이렇게 주변에 많은 거지?"

자운의 물음에 상인이 한숨을 푸욱 하고 내쉰다. 아무래도 이 무림인 아무것도 모르고 반지화에 들어선 모양이었다.

"아무것도 모르고 이곳에 들어오셨습니까?"

자운이 고개를 끄덕였다.

여기 사파 하나가 있어서 박살을 내러 왔을 뿐인데 주변이 소란스러우니 궁금해서 묻는 것이었다.

자운이 고개를 끄덕이자 상인이 친절하게 설명을 해준다.

"얼마 전에 호혈방(虎血榜)이 습격을 당했습니다. 그 때문에 호혈방주가 아주 뿔이 났지요."

"그거랑 지금 일어나는 일이 무슨 상관이지?"

"그 호혈방을 습격한 게 바로 반성련(反星聯)인 게 문제입니다."

반성련, 이름을 들어보니 적성에 반하는 단체인 듯했다. 다른 지역에서는 반성련의 이름을 들어본 적이 없으니 아무래도 이 지역에서만 활동을 하는 단체가 분명했다.

"반성련?"

대략적인 의미는 어감으로 파악했지만, 자세한 정보를 알고 싶었던 자운이 반성련에 대해서 상인에게 물었다.

그의 말에 상인이 고개를 낮추더니 자운에게 손을 움직여 보인다.

자운이 손짓을 따라 고개를 내렸다.

그러자 그가 주변을 한번 휙휙 살피더니 낮은 목소리로 반성련에 대해서 설명했다.

"적성에 가담한 사파에게 반하는 단체입지요. 정검문주께서 반성련을 이끌고 계시는데 사파를 몰아내기 위해 가끔씩 사파를 습격하고 계십지요. 이번에는 반지화에서 가장 큰 규모의 사파인 호혈방을 습격했더랍니다."

자운이 고개를 끄덕이며 다시 목을 들어 올렸다.

아무래도 그 때문에 이렇게 많은 사파의 무사들이 쫙악 깔린 모양.

"정검문주가 이쪽으로 도주했나?"

자운의 말에 그가 고개를 절레절레 흔들었다.

"그거야 저도 모릅죠. 무림인이야 하늘을 날아다니는 사람들이지, 다만 바라는 것은 하루빨리 다시 정파가 세상을 평안하게 해줬으면 한다는 겁니다. 어휴. 옆 현은 황룡문에서 다녀가서 정파가 다시 득세하게 되었다는데 우리는 이게 뭔지. 우리 쪽에도 황룡문의 협객들이 한번 와줬으면 하는데 말입니다."

그 말에 자운이 피식 하고 웃었다.

"언젠가는 한 번쯤 오겠지."

자운이 고개를 돌려 상인에게서 멀어지려던 때였다. 한 무리의 무사가 자운의 근처로 다가왔다.

무사들이 다가오자 황룡문도들 역시 자운의 주변으로 모여든다.

미연에 일어날 사태를 방지하려는 것이다.

"거기 당신들. 칼을 차고 있는데 어디서 온 사람들이지?"

자운이 놈들을 향해 웃었다. 마치 사신의 미소처럼 새하얀 이가 드러났다. 자운이 허리춤의 검병을 움켜쥔다.

"우리? 우리가 어디에서 온 것 같아?"

자운이 능글맞게 웃으며 허리춤의 검병을 움켜쥐자 다른 황룡문도들 역시 허리춤의 검을 향해 손을 가져갔다.

여차하면 단번에 출수할 수 있는 자세.

이런 하급 무사들 정도는 단번에 생의 끝을 마감하게 될 것이 분명했다.

"호오. 그러고 보니 이놈들 칼을 차고 있군. 네놈들 혹시……?"

자운이 득의양양하게 소리치려 했다.

"그래, 우리는 황룡……."

"반성련의 잡졸들이구나!"

자운이 단번에 무사의 멱살을 움켜쥐었다.

"뭐 이 새끼야?"

검으로 베려는 게 아니라 당장에 주먹으로 한 대 치려는 기세였다.

"이, 이놈 내가 누구인 줄 아느냐! 나는 바로!"

자신의 멱살이 단번에 움켜쥐어지자 당황한 무사가 호혈방의 이름을 대려 했다.

그 순간, 어디선가 들려온 여인의 카랑카랑한 목소리가 자운과 무사의 사이로 날아들었다.

"그만두세요."

갑작스럽게 들려온 목소리에 자운이 움켜쥔 멱살을 놓고 음성의 주인을 찾았다.

주인은 젊어 보이는 외모의 여인이었다. 이제 스물두셋 정도 되었을까.

젠장. 독거노인한테 염장을 지르는구나

머리를 올리지 않은 걸로 보아 아직 미혼의 여성이었다. 명문의 규수가 스물두셋에 미혼이라면 혼기를 훨씬 넘긴 것이었지만, 무림의 여인들에게 스물두셋은 절대로 혼기를 넘긴 나이가 아니었다.

그러니 지금 눈앞에 보이는 여인은 혼기가 꽉 찬 여인.

'하긴 이백 살이 넘도록 혼인을 안 한 애도 있는데 뭐.'

자운이 설혜를 떠올리며 피식 하고 웃었다.

"아, 아가씨."

자운의 옆에서 그녀를 지칭하는 듯한 목소리가 들려온다.

'아가씨?'

자운이 다시 여인을 바라보았다. 가벼워 보이는 경장 차림, 그 가슴팍에 붉은 화염을 휘감은 호랑이의 문장이 새겨져 있었다.

자운이 고개를 흘깃 돌려 자신의 옆에 서 있는 사파 무사의 어깨를 바라본다.

사파 무사의 어깨에도 역시 같은 무장이 새겨져 있었다.

'뭐야. 같은 문파였어?'

그럼 베어도 되겠다는 생각이 머릿속에 들었다. 자운이 그런 생각을 하고 있을 때 그녀가 다가와 자신의 옆에 있는 무사의 손을 움켜쥐었다.

"또 애꿎은 사람들 괴롭히고 있는 건가요?"

"아, 아니, 아가씨. 그게 말입니다. 이놈들은 칼도 차고 있고……."

자운의 눈썹이 꿈틀 하고 움직였다.

'뭐지?'

같은 한패라고 생각했던 여자가 다가오더니 사파의 무사들을 말리고 있다. 지금 이 상황을 어떻게 이해해야 하는 것인가.

한참을 그들을 바라보고 있을 때, 여인이 무사들을 물리고는 자운을 향해 다가왔다.

그리고는 고개를 숙여 보인다.

"불편을 끼쳐 드려 죄송합니다."

이렇게 나오니 자운으로서도 뭘 할 수가 없다.

사실 이런 경험은 자운이 이백 년 인생에서도 드문 일이었다.

'그래 봐야 실제로 산 건 한 삼십 년 정도밖에 안 되지만, 이백 년 제대로 살았어도 이런 일은 없을 것 같은데?'

속마음은 속마음이고 자운이 일단 그녀의 말에 고개를 끄덕였다.

"아니, 뭐 피해를 본 것도 없고. 당신이 안 말렸으면 죽어 나자빠지는 건 저 녀석들이었거든?"

자운의 말에 그녀가 고개를 끄덕이며 웃었다.

"실력에 자신이 있으신 모양이군요."

동시에 자운의 귓가로 그녀의 전음이 들려왔다.

[정파의 무사 분들이신가요?]

자운이 웃으며 고개를 끄덕였다.

"어. 당연하지."

겉으로는 평범한 대화와 별 차이가 없었으나 실제로는 전음과 대화가 오가는 것이었다.

"당당하신 게 보기 좋네요."

[그럼 이곳에 있으면 위험해요. 제가 한 곳을 알려 드릴 테니 그곳에 가서 쉬도록 하세요.]

그 후에 곧 어딘가를 가리키는 말을 전해준다. 자운이 함정인가 하고 생각할 정도로 친절한 여자다.

"자신이 있으니까 그러는 거겠지."

함정이면 뭐가 어떤가. 그대로 부숴주면 그만이다. 지금 자운을 막을 수 있는 존재라고 한다면 기껏해야 삼봉공급에 해당하는 실력이나 일성 정도가 전부였다.

이런 곳에 자신을 막을 실력자는 없다는 강한 자신감이 엿보였다.

그 후로도 몇 마디 말이 전음으로 더 오간 후에 그녀는 떠나갔다. 자운이 고개를 갸웃하며 떠나가는 그녀의 뒷모습을 바라보고 있었다.

 자운이 황룡문도들을 이끌고 향한 곳은 반지화의 외곽에 있는 작은 장원이었다. 무사들도 지키고 서 있지 않은 것이 영락없이 힘을 잃은 장원이었다.

 끼익—

 자운이 문을 밀자 녹슨 경첩 소리가 나며 문이 열린다. 동시에 철컥 하고 무언가가 움직이는 소리가 들렸다.

 매우 작은 소리였기 때문에 자운 정도 되는 고수가 아니면 들을 수 없는 소리였다.

 그 증거로 운산과 우천이 아무것도 듣지 못했다는 듯 자운의 뒤를 따라 들어오지 않는가.

 "대사형. 여기는 갑자기 왜 온 것입니까?"

 자운이 고개를 으쓱해 보인다.

 "조금 전에 만난 사파의 여자 기억해?"

 운산과 우천이 고개를 끄덕였다.

 "그 사람이 알려주던데?"

 "예에?! 그럼 함정이 아닙니까?"

 자운이 이번에도 고개를 으쓱해 보이면 운산과 우천은 손가락으로 가리켰다.

 "알 게 뭐야. 여차하면 너네 둘이 나갈 건데."

젠장. 독거노인한테 염장을 지르는구나

"대사형은 이번에도 안 싸우시려고요?"

"늙으면 쉬어야지. 에구에구."

말을 하며 자운들은 장원의 깊은 곳으로 걸어 들어갔다. 속속들이 자신들을 포위하는 기척이 느껴진다.

'역시 함정이었나.'

아마도 조금 전에 난 철컥이는 소리는 경고 장치를 발동시킨 소리였던 듯하다.

자운이 씨익 하고 웃었다. 앙큼한 여자가 연기를 제법 잘했지만, 상대를 잘못 골랐다는 생각이 들었다.

그 순간, 자운을 향해 누군가가 검을 쭈욱 뻗었다.

자운의 손이 이리저리 움직인다.

탁—

정확하게 손가락으로 검날을 잡아내는 자운의 수법, 공수탈백인의 수법에 검이 잡힌 상대가 끙 하고 신음을 흘렸다.

하지만 자운의 손에 들린 검은 바위에 강하게 박히기라도 한 듯 빠져나올 생각을 않았다.

"뭐야. 기습을 할 거면 좀 제대로 해야 할 거 아냐."

자운의 말에 그가 입술을 씰룩거리며 물었다.

"어디서 온 놈들이냐?"

자운이 스산하게 웃는다.

"어라. 너네가 초대해 놓고 어디서 온 놈들이냐고 묻다니. 그거 굉장히 실례 아니야?"

초대를 했다는 말에 그가 순간 당혹감 어린 표정을 지어 보였다. 어느새 자운의 주변에는 무사들이 가득히 서 있었다.

자운의 손에 검이 잡힌 무사가 주변을 둘러보며 눈으로 물었다.

너희 중에 누군가 이 사람을 초대한 사람이 있느냐고.

사내의 눈을 마주한 동료들이 고개를 절레절레 휘젓는다.

"그게 무슨 개소리냐!"

그들이 모두 부인을 하자 그가 자운을 향해 소리쳤다.

"개소리는. 너네는 내가 누구인 줄 알고 초대한 거냐. 내가 누구인 줄 알아?"

자운이 황룡신검을 움켜쥐었다.

스르릉 하는 소리와 함께 황룡이 새겨진 신검이 찬란한 모습을 드러낸다.

황금빛 검신이 빛을 받아 번쩍거린다.

동시에 자운의 주변에서 황금빛 기류가 일었다.

금광을 몸에 두르고 용의 검을 부리는 자, 그에 대한 소문이라면 이미 익히 나 있다.

젠장. 독거노인힌테 염장을 지르는구나 109

황룡문의 협객들이 바로 그와 같은 존재가 아니던가.
"설마 황룡문!"
자운이 고개를 끄덕였다.
"정체를 알았으면 이제 염라대왕이랑 면담하러 가야지."
자운이 검을 휘두르려는 순간, 그가 만세를 외쳤다.
"만세!"
주변 사람들 역시 검을 든 채로 자운들을 둘러싸고 만세를 부른다.
전투태세를 모두 갖추었던 운산과 우천은 갑작스럽게 일어난 상황에 당혹감을 숨기지 못한다. 그것은 자운 역시 마찬가지였다.
함정인 줄 알고 다 쓸어버리려고 했더니 갑자기 만세를 부르다니.
이건 도대체 어떻게 된 일인가.
자운이 꿔다 놓은 보릿자루 마냥 멍하게 있자 자운에게 검이 잡힌 이가 자운을 향해 다가왔다.
감격이라도 한 듯 그의 눈가는 붉게 달아올라 있었다.
"드디어 반지화에도 황룡문이 왔군요. 황룡문의 위명은 많이 들었습니다."
자운이 머리를 긁었다.
'이게 어떻게 된 일이래.'

자운이 함정이라 생각했던 곳은 사실 반성련이었다. 그 여인이 알려준 곳이 반성련이었던 것이다.
 정파인들은 사파인들이 활개치는 곳에서 묵어가기 쉽지 않다. 그러니 차라리 반성련에서 쉬어가는 것이 편할 것이다.
 자운들을 평범한 정파무사로 생각한 여인의 배려였다.
 문제는 사파의 여인이 왜 자신들을 배려해 줬냐는 것이다.
 "여기가 반성련이라는 말이지."
 자운에게 검을 빼앗겼던 사내, 반성련의 수장, 정검문주 백정명이 고개를 끄덕였다.
 "그렇습니다. 사실 저희는 사파들과의 싸움에서 상당히 힘들어하고 있었는데, 황룡문에서 와주셨으니 이제 한시름 덜 수 있겠군요."
 자운이 백정명을 바라보았다.
 제법이다.
 적성이 득세한 상황에서 정파의 잔존세력을 규합해 적성에 대항하는 것은 쉽지 않은 일이었을 것이다. 그럼에도 불구하고 그는 하고 있었다.
 '어지간한 담으로는 불가능할 텐데.'

그것이 자운이 백정명을 제법이라고 평가하는 이유였다.

"그런데 말이야. 사파의 젊은 여자 하나가 이곳의 위치를 알고 있던데 그건 아무 상관 없는 건가?"

자운의 물음에 백정명의 표정이 딱딱하게 굳었다. 한순간 변한 표정이지만 자운이 알아보지 못했을 리가 없었다.

"하하하. 그럴 리가요. 아마도 저희가 심어둔 세작일 겁니다."

무언가 숨기는 게 있었다. 그게 무엇인지는 모르겠지만, 천천히 파헤치면 될 것이다.

"그래? 그럼 그런가 보지."

자운이 팔짱을 끼고는 고개를 끄덕였다.

'우리에게 해가 되는 걸 숨기고 있다면 각오하는 게 좋을 거야.'

최악의 가정은 그가 사파와 손을 잡고 무언가를 목표로 이런 일을 벌이고 있다는 것까지 갔다.

'만약 이 최악의 가정이 진짜라면, 한 놈도 살려두지 않고 모조리 날려 버리겠다.'

자운이 신검의 검병을 움켜쥐었고, 신검이 낮게 울었다.

우우우우우—

황룡문의 세력이 반성련에 더해졌다. 이렇게 되면 사실

작전이고 나발이고 필요가 없다. 황룡문이 그래 왔던 것처럼, 지금까지 그렇게 해온 대로 정면으로 밀고 들어가서 다 박살 내버리면 되는 것이다.

그들의 행보가 오죽했으면 난신의 문도들 역시 난신새끼더라 라는 말이 돌 정도였다.

그 정도로 황룡문은 작전 없이 난입해서 다 박살 내는 것으로 유명했다.

소문을 들었음에도 불구하고, 그 점이 영 미덥지 못했던 모양인지 백정명이 입맛을 다셨다.

"정말로 그렇게 해서 되겠습니까?"

자운이 고개를 끄덕인다.

"지금까지 이래 왔어. 호혈방보다 더 큰 문파도 몇 개 무너뜨려 왔다. 호혈방이라고 해서 크게 다를 건 없어."

자운이 반지화의 지도를 보며 손에 단검을 집었다.

파악—

그의 단검이 지도 위를 찌르고 탁자까지 깊숙하게 파고든다.

자운이 단검을 내려찍은 부위는 정확하게 호혈방이 있는 부분이었다.

"돌입은 내일, 호혈방은 무너진다."

자운이 씨익 하고 웃었다.

*   *   *

 밤이 깊어지자 백정명이 살그머니 반성련에서 빠져나왔다.
 그는 담을 타고 반성련의 거점을 넘어 밖으로 사라졌다.
 자운이 그의 뒤를 쫓았다.
 암룡을 부릴 정도의 은신술을 갖추고 있는 자운이었기 때문에 절대로 백정명에게 들킬 일은 없었다.
 '그래. 어디로 가는 것이냐.'
 백정명은 어딘가의 꼬리로 보였다.
 자운은 그 꼬리를 따라가 볼 작정이었다.
 이 꼬리의 끝에 놈들이 사파와 협력하고 있는 것이 보인다면 그 자리에서 검을 휘두를 생각이었다.
 '정파의 탈을 쓰고 그런 짓을 해서는 안 되지.'
 무림에 위기상황이 오면 사파랑 충분히 연합을 할 수 있다. 이전에도 역사를 찾아보면 몇 차례의 정사연합군이 있었다.
 하지만 상대는 적성에 협조하고 있는 사파였다.
 그런 사파랑 손을 잡는다는 것은 말도 되지 않는 일이다.
 백정명이 계속해서 어딘가로 향한다.

자운이 몸 주변으로 어둠을 칭칭 휘감은 채 백정명의 뒤를 쫓았다.

백정명의 몸 위로 차가운 달빛이 쏟아졌다. 그 달빛을 가르고 그가 향한 곳은 반성련에서 멀지 않은 곳에 있는 작은 구릉 위였다.

백정명이 당도하자, 기다리고 있기라도 한 듯 인영 하나가 백정명을 향해 다가온다.

어두워서 잘 보이지 않던 얼굴 위로, 달빛이 쏟아지자 그녀의 얼굴이 확실하게 드러났다.

자운이 검병을 움켜쥐었다.

'역시. 그녀였나.'

달빛에 얼굴이 드러난 인물, 그는 바로 자운에게 반성련의 위치를 가르쳐 준 여인이었다.

사파의 여인과 내통하는 것이 확실해진 이상, 자운이 더는 봐주지 않고 베겠다는 듯 의지를 불러일으켰다.

그 순간, 여인의 목소리가 자운의 귀에 들려왔다.

"기다리고 있었어요. 백 가가."

자운의 머릿속으로 의문이 떠오른다.

갑자기 가가라니, 그건 또 무슨 말이라는 말인가.

자운의 의문이 채 해소되기도 전에, 백정명이 입을 열어 그녀를 불렀다.

"오래 기다린 것이오, 가려?"

그녀가 고개를 흔드는 모습이 어둠 속에서도 선명하게 보인다.

"아니요. 그보다 오늘 제가 보내 드린 분들은 반성련에 잘 도착했나요?"

그녀의 물음에 백정명이 딱딱하게 굳은 얼굴로 고개를 끄덕였다.

"정파인들이 피해를 보지 않도록 매번 도와주는 그대의 마음씨에는 매번 감사하오. 덕분에 이번에야말로 황검의 악행을 끝낼 수 있을 것이오."

'황검?'

황검이라는 말에 자운이 머리를 굴렸다. 호혈방에 대해서 알아보면서 꽤나 비중 있는 위치에 있었던 인물로 기억된다.

잠시간 머리를 굴리자 그가 어떤 위치에 있는 자인지 단번에 떠올랐다.

'호혈방의 부방주, 그자에 관한 이야기가 왜 나오는 것이지?'

여인이 백정명의 말에 화들짝 놀라며 물었다.

"아니, 황검을 쓰러뜨릴 방법이 있나요?"

황검은 호혈방주에 비견될 정도의 고수였다. 그래서 백

정명 역시 황검을 쉬이 쓰러뜨리지 못하고 지금까지 이렇게 기회만 엿보고 있지 않았던가.

그녀의 물음에 백정명이 고개를 끄덕이며 입을 열었다.

"가려. 그대가 보내준 이들이 황룡문의 협객 분들이셨소."

"아!"

백정명의 말에 탄성을 터뜨리는 가려, 그녀 역시 주변의 소식을 들은 바 있었다. 황룡문의 협객들이 나서 사파들을 징죄하고 다니며 다시 정파들의 세상을 만들어놓았다는 소문은 이미 사천성 전체에 파다하게 퍼진 지 오래였다.

그들이 치죄하는 사파는 적성에 가담한 사파, 엄밀히 말하자면 호혈방 역시 적성에 가담한 사파라고 할 수 있었다.

"그렇다면 저와 저희 아버지도 무사하지 못하겠군요."

가려의 말에 백정명이 세차게 고개를 흔든다.

"그럴 리가 없소. 황룡문의 협객들께서 설마 호혈방의 사정에 대해서 조사를 하지 않았겠습니까?"

그의 말에 자운이 의문을 가졌다.

호혈방의 사정이라니, 설마 호혈방에 자신들이 알지 못하는 사정이라도 있다는 말인가.

자운이 움켜쥔 검병에서 손을 살짝 뗐다.

그리고는 먼 곳에서 여인과 백정명의 모습을 응시했다.

'그것보다 사파 여인과 정파 사내의 사랑이라니. 이것 참 비극적이네.'

자운이 보는 사람이 없음에도 불구하고 어깨를 으쓱한다. 그리고는 고개를 돌렸다.

'호혈방에 얽힌 사정에 대해서 조금 더 알아봐야겠군.'

돌아서는 자운의 뒤로 백정명의 안타까운 목소리가 들려왔다.

"아아. 가려. 그대는 왜 사파인 것이오."

자운이 욕지기를 뱉었다.

'젠장. 독거노인한테 염장을 지르는구나.'

황룡난신

 반성련으로 돌아온 자운이 아무도 모르게 운산과 우천에게 명령을 내렸다.
 "지금 당장 밖으로 나가서 호혈방에 대해서 좀 알아보도록 해."
 지금은 달빛이 내리쬐는 밤이다. 이 밤에 어딜 나가서 정보를 구해오라는 말인가.
 더군다나 정보를 구해오라는 곳이 내일 공격하기로 되어 있었던 호혈방이 아닌가.
 내일이면 사라지게 될 문파에 대해서 정보를 조사해 오

라니, 그들은 자운의 말이 이해가 되지 않았다.

"호혈방은 갑자기 왜 그러십니까?"

자운이 손가락으로 탁자를 가볍게 두드리며 말했다.

"아니. 호혈방에서도 좀 우리가 알지 못하는 문제가 있는 것 같아서 말이지. 호혈방주와 그녀의 딸, 그리고 황검이라는 작자에 대해서 중점적으로 조사를 해오면 되겠어."

자운의 말에 우천이 밖을 내다보며 불평했다.

"지금 이 밤에 나가서 조사를 해오라는 말씀이십니까?"

자운이 우천을 바라보며 말한다.

"그럼 이 나이 먹은 내가 나가서 조사하리? 후딱 안 나가?"

"아니, 그래도 이건 너무하지 않습니까. 지금 도대체 어딜 가서 정보를 구합니까. 이 시간이면 문을 연 곳도 몇 곳 없을 텐데."

자운이 손바닥으로 우천의 뒤통수를 때렸다.

빠악—

"케엑!"

"지금 그러는 시간에 정보가 하나씩 사라지고 있다고 생각하고 지금 당장 나가서 정보를 구해오도록 해."

뒤통수를 매만지는 우천을 뒤로하고 자운이 운산을 노려보았다.

"왜? 너도 한 대 때려줘? 찰지게?"

운산이 손을 흔들어 자운의 말을 정중하게 거절했다.

"거절하겠습니다."

"좋은 결정이야. 빨리 나갔다 오도록 해."

두 시진이 조금 못 미치는 시간이 지나자 밖에 나갔던 운산과 우천이 돌아왔다.

"그래. 알아보라고 한 건 뭐가 어때? 뭐 특별한 게 있어?"

자운의 말에 운산과 우천이 동시에 고개를 끄덕인다. 둘의 표정이 밖으로 나가기 전과는 조금 달라진 것이 무언가 확실하게 건져 온 정보가 있는 모양이었다.

먼저 입을 연 것은 운산 쪽이었다.

"호혈방은 원래 사파가 아니었습니다."

그 말에 자운의 미간이 꿈틀하고 움직였다. 원래 사파가 아니었다니 그건 도대체 무슨 소리인가?

"자세하게 말해봐. 원래 사파가 아니었다니. 명백하게 적성에 협력하고 있는 사파가 아니었어?"

"지금은 그렇지만 찾아보니 호혈방은 원래 사파가 아니었습니다."

"그럼?"

이번에 자운의 물음에 답한 것은 우천 쪽이었다.

"사파가 아니라 정사지간에 있던 문파였습니다. 대사형."

원래 정사지간이었던 문파가 지금은 적성에 협력하는 악질 사파가 되었다?

무언가 있었다.

자운이 말을 하지 않고 계속 이야기를 해보라는 듯 운산과 우천에게 눈짓을 주었다.

"원래 정사지간에 있는 문파이기는 하였지만 엄밀하게 말하면 정파 쪽에 더 가까운 문파였습니다. 하지만 그런 호혈방이 이렇게 악독한 사파로 변하게 된 것은 황검 때문이었습니다."

황검에 관한 이야기가 나왔다.

"황검?"

"예. 호혈방주가 그의 무공실력을 보고 문파의 부방주로 삼았다고는 하는데, 그가 들어오면서 데리고 온 무사들이 사파의 무사들이었다고 합니다."

"황검도 원래는 사파 놈이었겠군."

운산이 고개를 끄덕였다.

"그렇지요. 사파 놈들이 정사지간의 문파에 자리를 얻었으니 문파가 어떻게 되었겠습니까?"

근묵자흑이라고 했다.

하얀 것이라고 하더라도 검은 것과 같이 놀다가는 검게 물들게 마련이었다.

하지만 의문이 드는 점이 있었다.

호혈방주 역시 한 문파의 수장이다.

그런 문파의 수장이 문파가 변질하는 것을 보고만 있었을까?

"황검이라고 하더라도 호혈방주를 쉽게 꺾을 수는 없었을 텐데?"

그 말에 우천이 고개를 절레절레 흔들었다.

"호혈방주라고 해도 세월의 힘은 쉽게 이길 수가 없었던 모양입니다. 결국 그가 패하고 말았습니다. 지금에 이르러서는 호혈방주는 아무런 힘도 쓰지 못하는 늙은이 취급을 받고 있다고 합니다."

자운이 고개를 끄덕였다.

"그렇군."

늙으면 아무래도 힘이 떨어지게 마련이다. 호혈방주의 무공이 제법이기는 했으나 세월의 흐름을 거스를 정도는 아니었으니 젊은 황검에게 밀리는 것은 어찌 보면 당연한 일이었을 것이다.

"그리고, 황검은 지금 호혈방주의 외동딸과의 혼인을 준비 중이라고 하더군요."

자운이 되물었다.

"혼인? 혹시 호혈방주의 딸 이름이 가려는 아닌가?"

자운이 조사도 나가지 않았으면서 그 사실을 알고 있자 운산과 우천이 깜짝 놀라며 되물었다.

"아니. 그건 어떻게 아셨습니까?"

"내가 앉아서 천 리를 내다보는 사람이지. 척하면 척이야."

말을 하면서도 자운이 바쁘게 머리를 굴렸다.

조금 전 밖에서 보고 온 일대로라면 호혈방주의 딸인 가려의 연인은 반성련의 수장이자 정검문의 문주인 백정명이어야 했다.

그런데 황검과의 혼인이 진행되고 있다니, 오래 머리를 굴리지 않아도 쉽게 결론이 났다.

'황검이라는 녀석이 정통성을 가지고 호혈방의 방주가 되기 위해 일을 꾸미고 있는 거였군.'

자운이 입맛을 다시며 생각을 정리했다.

생각해 보니 그리 처리하기 어려운 일도 아니었다. 내일 호혈방으로 들어가서 황검이라는 녀석과 놈들의 수하를 최우선으로 처리한다.

그 후에 호혈방을 다시 정파에 가까운 정사지간의 문파로 돌려 버리면 될 일이었다.

"어려운 일도 아닌데 괜히 머리 굴렸네. 겸사겸사해서 기특한 정검문주 사랑도 좀 이루어주고 말이지."

자운이 말을 마치며 속을 주물렀다.

"그런데 왜 이렇게 속이 쓰리지?"

자운의 말에 운산이 반문한다.

"예?"

'그러고 보니 이 녀석은 제갈세가의 여식이랑 잘되고 있다는 소문이 파다했지.'

무림맹에는 이미 퍼질 대로 퍼진 소문이었다. 괜히 심통이 났다.

"넌 몰라도 돼, 인마."

빠악―

"케엑! 대사형, 갑자기 왜……."

빠악―

"아, 몰라. 그냥 몇 대만 좀 맞아라."

운산은 그날 뒤통수를 열 대쯤 맞았다.

* * *

아침이 밝자 자운이 호혈방으로 가기 위한 준비를 했다. 사실 준비라고 해봐야 별것 없었다.

황룡문도들을 한자리에 모으고 허리춤에 검을 차는 것, 그것이 모든 준비의 끝이었다.

준비를 모두 마친 자운이 아무것도 모른다는 표정으로 백정명을 향해 말했다.

"그럼 이제 한번 가볼까? 호혈방을 무너뜨리러?"

자운의 말에 백정명의 표정이 잠시 딱딱하게 굳었지만, 곧 한숨을 내쉬며 고개를 끄덕인다.

"그러도록 하지요."

반성련의 위장용 장원이 있는 곳이 반지화의 북쪽 관도 변이었다면 호혈방의 정문이 있는 곳은 남쪽의 관도 변이었다.

정확하게 반대되는 곳에 위치한 호혈방과 반성련, 어찌 보면 그 구도는 지금의 대립구도를 여실하게 보여주는 위치라고도 할 수 있을 것이 분명했다.

갑작스럽게 한 무리의 무사가 정면으로 다가오자 호혈방 내부의 움직임이 부산스럽게 변했다.

보고를 받은 황검이 쾅 하고 탁자를 내리쳤다.

"뭐야? 반성련 놈들이 당당하게 정문으로 다가오고 있다고?"

급하게 보고를 하러 온 수하가 숨을 헐떡이며 황검을 향해 보고를 마저 마쳤다.

"그, 그렇습니다. 헉헉. 비상사태를 발동하기는 했는데, 반성련 녀석들 말고 다른 놈들의 모습도 보입니다."

그 말에 황검의 눈이 꿈틀하고 움직였다.

"다른 놈들이라니?"

수하가 고개를 절레절레 흔든다. 워낙 급하게 파악한 사안이었기 때문에 그들에 대한 정보까지 파악할 수는 없었다.

"잘 모르겠습니다. 후웁. 후웁."

수하의 말에 황검이 무능하다는 눈으로 자신의 수하를 내려다본다.

"쯧. 반성련 놈들. 대세를 따르지 못하고 그렇게 멍청한 짓을 해대더니 어디서 낭인이라도 고용을 한 모양이군."

녀석들이 고용한 것이 낭인이라면 큰 걱정을 할 필요는 없었다.

낭인은 기본적으로 약하다. 절정 이상의 실력을 가진 낭인은 매우 드물며 고용하기도 쉽지 않다.

지금 반성련의 상황으로는 그 정도 되는 실력을 갖춘 낭인을 몇 구하지 못했을 것이다.

또한, 적성이 득세한 곳에서 놈들을 도와주려는 낭인이 많을 리가 없었다.

대부분 어중이떠중이, 그렇기에 황검은 자신이 있었다.

"으흐흐흐흐. 놈을 처리하고 내가 이 반지화의 주인이 되는 거야."

그가 스산하게 웃으며 애검을 집어 들었다. 하지만 그는 몰랐다. 반성련의 옆에 있는 이들을 고작 낭인이라고 무시한 것이 얼마나 큰 실책이었는지를 말이다.

운산이 검을 휘둘렀다.

서걱 하는 소리와 함께 단번에 호혈방의 정문이 두 쪽으로 잘려 나간다.

그 문을 발끝으로 차자 펑 하는 소리와 함께 문짝이 날아갔다.

"으악!"

안에서 반성련의 인원들이 오기를 기다리고 있던 호혈방의 무사 중 하나가 운산이 걷어찬 문에 맞고 비명을 질렀다.

정문의 크기가 워낙 거대했기 때문에 나무문이라고는 하나 그 무게가 절대로 가볍지 않다.

거기에 운산의 발길질에서 뿜어나온 내력이 더해졌으니 사파 무사를 때릴 때의 힘은 그야말로 천 근에 가까울 정도였다.

간단하지만 엄청난 한 수에 황검이 운산의 얼굴을 노려

보았다.

"넌 누구냐."

평범한 낭인이 저 정도의 힘을 발휘할 리가 없었다. 그의 머릿속으로 몇몇 낭인의 모습이 좌라락 떠오른다.

대부분 반지화 근처에서 이름을 날리는 낭인들이었다.

하지만 그 어떤 얼굴도 운산의 얼굴과 일치하는 얼굴은 없었다.

황검이 운산의 얼굴을 알아보지 못하자 자운이 장난스럽게 팔꿈치로 운산의 몸을 툭 하고 쳤다.

"너 아직 덜 유명한가 보다."

운산이 머리를 긁적였다.

"그러게 말입니다. 나름대로 무림명이 생겼다고 기뻐하고 있었는데, 역시 여기까지는 소문이 나지 않았군요."

말을 하는 운산의 손에 들린 검에서 황룡이 빛을 받아 반짝인다.

그것을 발견한 황검이 소리를 쳤다.

"황룡문!"

"역시. 그거 하나는 기똥차게 잘 맞추는구나!"

자운이 박수를 치며 파안대소를 했다.

그가 곧 스산하게 웃어 보였다.

"그러니까 너네가 이제 곧 죽을 목숨이라는 것쯤은 알고 있겠지?"

그리고, 전투가 시작되었다.

사실 전투라고 할 것도 없었다. 반성련의 세력은 있으나 마나한 상황이었고, 그나마 백정명의 실력이 우천과 비슷한 수준이어서 도움이 되는 정도였다.

반성련의 나머지 사람들은 그저 이류 무사 정도의 실력을 갖추고 있을 뿐이었다.

'이런 실력을 가진 사람들을 이끌고 여태껏 잘도 살아 있었군.'

칭찬해 주고 싶을 정도였다.

자운의 눈에 황검을 압박하는 운산의 모습이 보인다. 멀지 않은 곳에 종횡무진 적들 사이를 누비고 있는 우천의 모습도 보였다.

"하긴. 그러고 보니 저 녀석들도 처음 만났을 때는 다 이런 꼴이었지."

이류가 웬 말인가. 운산과 우천을 처음 봤을 때 그들의 실력은 삼류 무인 정도밖에 되지 않았다.

그때가 얼마 되지 않은 것 같은데, 저들이 벌써 강기를 펑펑 날리는 무인이 되어 있다.

"아직 멀었지만, 꽤 발전하기는 했네."

삼류에서 강기지경까지 발전한 무인을 자운은 아직 멀었다고 평가했다. 자운이 바라는 그들의 실력은 최소한 수어검 정도는 구사할 실력이 되어야 할 것이다.

자운이 조금 더 빡세게 굴려야겠다고 다짐을 하며 운산과 황검의 전투를 바라보았다.

까앙—

운산의 검에 황검의 몸이 주르륵 밀려난다.

"어이쿠. 이제 곧 제압되겠군."

이 싸움, 오래가지 않을 것이 분명했다.

*   *   *

"이익!"

황검이 신음성을 내지르며 간신히 운산의 검을 막았다. 운산의 검을 막아내며 그의 몸이 연신 뒷걸음질을 친다.

운산의 검은 쾌속무비했으며 또한 묵직했다.

그래서 막아내는 것도 어려웠고 막는다 하더라도 묵직한 무게 때문에 균형이 무너지게 마련이었다.

"버티기 힘든가 보지?"

조롱 섞인 운산의 말투가 들려왔지만 황검은 그에 답할 시간조차 없다.

말하는 순간 진기의 움직임이 끊어진다면, 단번에 놈의 칼에 베여 나갈 것이 분명했기 때문이다.

카앙—

운산의 검을 간신히 쳐낸 황검이 후다닥 몸을 뒤로 날렸다.

그 찰나간의 틈에 황검이 거친 호흡을 몰아쉬었다.

"허억. 허억."

'다시 오겠지?'

황검이 호흡을 정리하며 운산의 움직임을 살폈으나, 운산은 다시 움직이지 않는다.

그것은 황검에게 있어서는 천만다행인 일이라 할 수 있었다.

호흡을 완전히 정리할 시간이 되었으니 말이다. 하지만 말 그대로 호흡을 정리할 시간이 되었을 뿐, 이렇다 하게 나아진 상황은 아무것도 없었다.

오히려 시간을 끌면 끌수록 상황은 더 힘들어지고 있었다.

황룡문도들에게 속속들이 제압되고 있는 자신의 수하들, 오랜 야망이 이대로 끝나는 것인가.

눈가로 암담함이 들어섰다.

그는 교활한 자다. 또한 강자에게 약하며 약자에게 강

하다.
 그가 눈알과 머리를 굴렸다.
 뒤룩뒤룩 하고 머리 굴러가는 소리가 눈알 굴러가는 소리에 겹쳐서 들렸다.
 운산도 놈이 하는 꼴을 천천히 보고 있었다.
 어차피 독 안에 든 쥐다.
 빠져나갈 곳도 없으며 더 이상 쓸 만한 수 역시 없었다.
 '지난번처럼 독가루에도 당하지 않아.'
 운산이 얼마 전 자운의 도움을 받았던 때를 생각하며 자운을 흘깃 보았다.
 운산의 눈빛을 마주한 자운이 아무 일 없다는 듯 손을 흔들며 그를 향해 웃어 보인다.
 자운의 웃음에 자신 역시 웃음으로 답해준 후 그는 황검을 노려보았다.
 황검이 무슨 수를 쓰든 반응할 준비를 마친 후였다.
 '네가 무슨 수를 쓰든 나는 피해낼 수 있다.'
 운산이 웃으며 놈의 다음 수를 기다렸다.
 그 순간, 놈이 그 자리에 무릎을 꿇었다.
 "…뭐하는 거지?"
 운산의 눈에 당혹감이 어리었다. 그와 동시에 놈의 입에서 어디선가 한번은 들어보았을 법한 구구절절한 사연들이 흘러나왔다.

"살려주십시오. 저희 집에는 여우같은 부인과 토끼 같은 자식 놈이 둘이나. 크흑. 거기다가 늙으신 노모까지 있습니다. 대협. 제발 한 번만 살려주십시오."

눈가에서는 닭똥 같은 눈물까지 흐르는 게 누가 본다면 껌뻑 속아 넘어갈 것이 분명했다.

어제 자운이 시킨 정보 조사를 하지 않았다면 운산 역시 속아 넘어갈 정도의 연기력이었다.

하지만 그에 대한 정보를 대략적으로 알고 있는 운산으로서는 속아 넘어가 주고 싶어도 도저히 그럴 수 없었다.

'그런 놈이 호혈방주의 딸이랑 혼인을 추진하냐.'

오히려 속이 부글부글 끓었다.

운산이 검을 움켜쥐고 놈을 향해 천천히 다가갔다.

스륵—

검이 바닥을 긁는 소리가 났다. 그 소리에 황검이 퍼뜩 고개를 들었다.

"왜, 왜 이러십니까, 대협."

그가 말을 더듬으며 운산의 바짓가랑이라도 부여잡으려 한다. 바지를 잡으려 다가오는 그의 손을 운산이 피했다.

그리고는 검을 들어 놈의 목에 겨누었다.

놈이 다시 움직이려고 하다가 자신의 목에 겨누어진 검

에 화들짝 놀라며 그 자리에서 굳어버렸다.

날카로운 검의 예기에 피가 주르륵 흘러내린다.

얕은 상처가 났지만, 운산의 살기 때문인지 그 상처가 더욱 따끔거렸다.

"헤헤. 대, 대협. 이러지 마십시오."

그의 말에 운산이 위에서 날카로운 눈으로 내려다보며 그를 향해 중얼거렸다.

"여우같은 부인, 토끼 같은 자식, 늙은 노모?"

운산의 말에서 한 가닥 희망을 발견한 것인지 그가 고개를 마구 끄덕였다.

하지만 곧 이어진 운산의 말은 그에게 남아 있던 한 가닥의 희망이나마 산산이 조각내어 버리기에 충분했다.

"그럼 데리고 와봐."

황검은 잘못 들은 것이 아닌가 하는 생각에 고개를 갸웃하며 운산을 향해 다시 물었다.

"예?"

그의 반문에 운산이 검을 더욱더 놈의 목에 가깝게 가져갔다.

"그럼 데리고 와보라고."

"대, 대협, 그것이……."

운산이 놈의 앞으로 한 걸음 저벅 하고 내딛었다.

"왜, 무슨 문제라도 있나?"

"그, 그것이······."

운산이 스산한 눈으로 놈을 노려보았다.

"왜? 못 데려오겠나? 당연하지. 넌 거짓말을 했으니까. 우리가 여기를 공격하면서 너에 대한 기본적인 조사도 안 했을 것이라 생각했나?"

사실 자세한 조사는 어제 부랴부랴 했다. 하지만 어쨌거나 그 덕분에 놈의 동정을 부르는 말에 넘어가지 않을 수 있지 않았던가.

"대, 대협······."

운산이 검을 잡은 손에 힘을 가득 불어넣고 그대로 잡아당겼다.

"시끄럽고. 죽어."

푸확—

허공으로 피가 솟구치며 단번에 놈의 목이 잘려 나갔다. 잘 잘리지 않는 뼈까지 단번에 잘려서 놈의 목이 허공을 날았다.

피분수가 허공으로 뿜어지고, 곧 툭 하는 소리와 함께 황검의 목이 떨어져 내렸다.

운산이 놈의 머리를 밟으며 소리쳤다.

"모두 꿇어."

호혈방의 진압은 생각보다 쉽게 되었다. 황검을 순서로 황검의 수하들이 하나하나 제압되었고, 그들까지 제압하고 나서는 나머지 호혈방도들을 제압하는 것은 어렵지 않았다.

얼마의 시간이 지나지 않아서 호혈방의 식구들은 반성련의 앞에 무릎을 꿇게 되었다.

그 사이에는 호혈방의 방주인 진노백과 그의 딸인 진가려 역시 함께 있었다.

자운이 한번 쓰윽 하고 백정명의 얼굴을 바라보더니 앞으로 나섰다.

"호혈방주, 당신은 지금까지 적성에 가담해서 무고한 서민들을 핍박하고 정파를 핍박한 죄를 인정하겠지?"

자운의 목소리가 능글맞기 그지없다.

그 목소리에 장난기마저 섞여 있어 듣고 있는 운산과 우천으로서는 걱정스러웠다.

'또 무슨 일을 벌이시려고.'

'이번에는 제발 좀 조용히 넘어갑시다.'

자운이 일을 벌이면 조용히 넘어가는 일이 없었다. 난신이라는 별호답게 사건이 터지고 주변이 난장판이 되었다.

아, 몰라. 그냥 몇 대만 좀 맞아라 139

그것은 이제는 어찌 보면 자연스러운 순서이기까지 했다.
'제발.'
운산과 우천이 두 손을 모아 하늘을 향해 기도했다.
그런 운산과 우천의 마음을 아는지 모르는지 자운은 장난스럽게 휘어진 눈으로 호혈방주를 내려다보고 있었다.
곧 호혈방주의 입이 무겁게 열린다.
모든 것을 체념한 목소리, 또한 자신의 죄를 인정한다는 듯한 목소리였다.
"그렇소. 그것이 모두 내 죄요. 인정하오."
'황검의 힘에 눌려서 별다른 수를 쓰지 못했다고는 하지만 그것 역시 내 죄겠지.'
그는 정사지간의 인물이기는 했으나 엄밀히 보면 정파에 가까운 인물이었다. 비록 황검에게 속아 그에게 부방주의 자리를 내어주고 실질적인 권력을 모두 빼앗겼다고는 하지만, 그가 의로운 사람이라는 것은 변하지 않았다.
근묵자흑이라는 말에 어울리지 않게 더러움 속에서도 의로움을 유지하고 있는 이이기도 했다.
그것은 그의 성정을 물려받은 딸인 진가려 역시 마찬가지였다.
자운이 곤경에 빠진 줄 알고 반성련의 위치를 알려주지 않았던가.

자운이 입맛을 다셨다.

좀 놀리려고 했는데 이렇게 인정을 해버리니 재미가 없지 않은가.

'어찌 부녀가 똑같네. 똑같아.'

입맛을 다시고는 허리춤에서 황룡신검을 뽑아 든다. 검신이 금광을 띠며 은은하게 빛이 났다.

"그럼 자신의 죄를 스스로 인정한 것이니 이 자리에서 즉결 처분해도 되겠군."

말을 하며 백정명을 바라본다. 백정명은 침통한 얼굴을 숨기지 못했으나 당장에 감히 앞으로 튀어나오지는 못했다.

'어쭈. 지금 당장 튀어나와서 장인어른 될 사람을 살려달라 애걸복걸해야 장인의 마음을 얻을 텐데 그걸 안 하네. 아직 안 급한가 보지?'

아무래도 상황을 좀 더 극적으로 만들어줘야 튀어나올 모양인데, 어떻게 더 극적으로 해야 할지 모르겠다.

진가려가 뛰어나와 진노백의 앞에 선 것은 자운이 검을 든 채로 이리저리 머리를 굴리고 있을 무렵이었다.

"안 돼요! 우리 아버지는 황검에게 속아서 이렇게 된 겁니다. 제발 한 번만, 제발 한 번만 살려주세요."

그녀가 자운의 팔을 잡으며 말한다.

자운이 그녀를 바라보았다. 자운의 눈가에는 장난스러움은 사라지고 스산함이 걸려 있었다.

그의 몸에서 쭈욱 하고 살기가 뻗어나온다.

자운이 그녀의 몸을 발로 찼다.

퍼억—

"아악!"

자운의 발길질에 맞은 그녀가 단번에 나가떨어졌다.

'알아서 극적인 상황을 만들라고 도와주네.'

자운이 속으로 웃으며 여전히 겉으로는 살기를 띤 채로 그녀를 향해 일갈했다.

"사파의 딸 주제에 감히 내 검을 막아? 건방지게! 너 역시 곧 처단해 주겠다. 기다려라."

자운의 말에 그녀가 고개를 푹 숙이며 다시 자운의 앞으로 무릎을 질질 끌고 다가왔다.

"제발, 저는 죽여도 좋으니 제발 저희 아버지만은 살려주세요. 저희 아버지는 황검에게 속아서 저렇게 된 것이에요. 사실 사파 같은 행동은 황검과 그의 수하들이 다 한 거지, 저희 아버지가 한 행동이 아닙니다. 흑흑."

그녀가 눈물을 떨어뜨린다. 볼을 타고 진주알 같은 눈물이 방울방울 떨어져 내렸다.

'자, 이쯤 되면 나서는 게 어때?'

자운이 백정명을 바라보았지만, 백정명은 아직 망설이고 있었다.

 나갈까 말까 망설이는 모습.

 '아직도 부족한 거냐.'

 자운이 눈을 질끈 감았다. 아무래도 좀 더 극적으로 할 필요가 있을 듯했다.

 '어휴. 좀 빨리 뛰어나오면 안 귀찮고 좋은데 말이지.'

 자운이 검을 치켜들었다.

 "사파 따위가 애걸복걸해 봐야 사파지. 네 아비가 먼저 죽는 게 마음에 들지 않는다면 너부터 죽여주도록 하지."

 자운의 몸에서 강력한 살의가 일어났다.

 파아아앗—

 주변으로 살기가 퍼져 나간다.

 절대의 경지마저 아득히 초월한 고수가 뿜어내는 살기다. 밀도 높은 살기에 공기가 물먹은 솜처럼 추욱 하고 늘어졌다.

 그 살기에 몇몇 이들은 모골이 송연해질 정도의 공포를 느꼈다.

 자운의 살기가 검끝으로 집중된다.

 그의 검이 단번에 가려의 몸을 두 쪽으로 잘라 버릴 수 있을 정도의 기세를 휘감았다.

그리고 자운의 검이 움직였다.

단번에 베어버린다.

'아. 죽는구나.'

가려의 눈이 백정명을 향했다. 그 순간, 백정명의 몸이 움직였다.

푸확—

피가 허공으로 튀었다.

자운이 백정명의 왼쪽 어깨에 살짝 파고든 검을 보며 눈을 떨었다.

"이게 무슨 짓이지?"

사실 자운도 백정명이 뛰어들 것을 알고 있었기에 적당히 조절하여 칼을 휘둘렀다.

그 덕분에 백정명의 어깨에서 피가 많이 흐르기는 하였으나, 뼈나 근육에는 거의 무리가 가지 않는 상처가 생겼다.

하지만 가려나 다른 사람들이 보기에는 그런 것이 아니었다.

백정명이 엄청난 고통이 느껴지는 어깨를 부여잡으며 말했다.

"가려의 말은 거짓이 아닙니다. 그녀는 본래 사파의 사람도 아니었고 호혈방주님 역시 사파의 문주가 아니었습니다."

자운이 화가 난 척을 하며 기세를 풀었다.

묵직한 기세가 그의 몸을 압박한다.

무게가 어깨를 짓누르자 어깨의 상처가 터지며 피가 줄줄 흘러나왔다.

"으윽."

그가 신음을 흘린다.

"이들은 사파였다. 그것은 저기 있는 황검이라는 녀석이 증명해 주지. 그런데도 너는 이들이 사파가 아니라고 할 참인가?"

자운의 몸에서 황룡들이 풀어져 나왔다.

황룡무상십이강, 열한 마리의 황룡이 고고하게 머리를 치켜든다.

우우우우—

황룡의 울음소리가 높이 울려 퍼지고, 여기저기서 헛바람 들이켜는 소리가 들려왔다.

"허업! 난신!"

그들 역시 난신에 관한 이야기는 익히 들어왔다. 황룡문이 낳은 희대의 천재이자 괴물, 또한 현재 무림에서 천하제일인에 가장 가까운 존재.

아, 골라. 그냥 몇 대만 좀 맞아라

황룡문이 사천 땅에서 활약하고 있다는 소식을 듣기는 하였으나 난신에 대한 소문은 삼봉공과의 전투 이후로 종적이 묘연한 상황이었다.

그 난신이 지금 호혈방에 모습을 드러낸 것이다.

주변에서 뭐라고 하든 지금 자운이 신경 쓰고 있는 것은 백정명이었다.

열한 마리의 황룡이 주는 압박감을 결코 적지 않다. 백정명 정도의 실력으로 쉬이 버틸 수 있는 것이 아니었다.

하지만 백정명은 버텨내었다.

"크윽."

입가로 핏물이 줄줄줄 흘러나온다. 하지만 버텨내어야 한다. 버텨내지 못하면 자신이 사랑하는 여인인 가려가 죽을 것이라 생각했기 때문이다.

자운은 버텨내는 백정명을 바라보며 속으로 고소를 머금었다.

'이거 생각보다 재미있는데?'

"고수일 것이라 생각은 하고 있었는데 설마 난신이셨을 줄이야. 하지만 나는 비킬 수 없소. 이들이 비록 황검에게 속아 악행을 방조했다고는 하나 그것 외에는 이들에게 죄는 없소."

자운이 한참을 말없이 그를 노려보았다.

"그 말, 증명할 수 있겠지?"

그가 허리춤에서 검을 뽑아 들었다.

"내 단전을 걸고 맹세합니다. 또한, 내 목숨을 걸고 맹세하건대 이들은 사파의 주구가 아닙니다. 또한, 적성의 주구 역시 아닙니다."

무인에게 있어 목숨을 건다는 것도 작은 일이 아니었지만, 단전을 거는 일 역시 작은 일이 아니었다.

하지만 그는 자신의 결심이 진짜라는 듯 검을 들어 자신의 아랫배를 향하게 하고 있었다.

지금 저 자세에서 찌른다면 단전이 산산이 부서지며 지금까지 모아두었던 내기들이 모두 사라질 것이다.

그렇게 된다면 백정명은 평범한 사람으로 돌아간다.

아니, 어쩌면 진원진기가 손상되어 평범한 사람보다 못한 신세가 될 수도 있었다.

그럼에도 불구하고 그의 눈빛에는 한 점 망설임이 없다.

'처음부터 이렇게 나와줬으면 일도 일찍 끝났을 것을.'

자운이 속으로 혀를 한차례 쯧 하고 찬 후에 주변을 배회하던 열한 마리의 황룡을 자신의 단전 속으로 불러들였다.

우우우—

열한 마리의 황룡이 용음과 함께 사라지고, 자운이 백정

아, 몰라. 그냥 몇 대만 좀 맞아라 147

명을 바라보았다.

"그렇다면 보고서나 그런 걸로 정리해서 가져와. 확인해 보고 판단을 하도록 하겠어."

자운의 말에 그가 고개를 떨구었다.

"난신의 배려에 감사하오."

          *   *   *

일의 정리가 모두 끝나고 돌아서는 자운의 뒤로 운산과 우천이 따라붙었다.

"대사형, 일을 왜 그렇게 하신 겁니까?"

운산의 말에 자운이 눈썹을 찡긋하며 말했다.

"너네 아직 눈치 못 챈 거냐?"

"뭘 말입니까?"

그의 말에 자운이 한숨을 내쉬었다.

"둔한 놈. 이래 가지고 제갈세가의 금지옥엽이랑은 어떻게 잘되고 있는 건지. 그 여자가 참 특이하다, 특이해."

운산이 눈을 찡그리면서도 자운의 말을 부정하지는 못했다.

'확실히 제갈 소저가 특이하기는 합니다. 그것보다 대사형이 나에게 둔하다고 하다니……'

어쩐지 인정하기 싫은 말이었다. 그래서 자운이 설혜의 마음을 그렇게 모른다는 말인가.

주변 사람들 다 아는데 설혜의 마음을 모르는 것은 자운뿐이지 않던가.

'취록 소저 역시 마찬가지지.'

생각해 보니 그 둘이 불쌍해졌다. 운산이 그런 생각을 하든 말든 자운은 손을 뻗어 백정명과 자신의 치맛자락을 찢어 그의 어깨를 동여매고 있는 진가려를 손끝으로 지목했다.

"저 두 사람. 서로 좋아하는 사이야."

그 말에 운산과 우천이 크게 소리친다.

"예?!"

"사실 나도 우연히 알게 된 건데 말이야, 저 두 사람 좋아하던 사이더라고. 처음에는 정파와 사파의 비극적인 사랑, 그런 건 줄 알았는데 너네 시켜서 알아보니까 그런 것도 아니고 말이야."

자운의 말에 운산과 우천이 고개를 끄덕였다.

이제야 왜 자운이 갑자기 그런 일을 시켰는지 알 수 있었던 것이다.

고개를 끄덕이는 운산과 우천을 뒤로하고 자운이 자신의 배를 두드렸다.

"아. 배고프다. 어디 밥 먹을 곳 없나?"

오늘따라 하늘이 유난히 푸르렀다. 하지만 독거노인의 가슴팍은 쓰리기만 했다.

'이 나이 먹고 연애 한번 제대로 못 해보다니. 젠장.'

第六章 무상으로서 정식으로 요청합니다

황룡난신

 오랜 시간이 걸리지 않아 백정명과 진가려의 혼인이 이루어졌다. 전장 속에서 벌어진 작은 축제, 그것은 자운이나 황룡문도들에게 있어서는 짧은 휴식시간이었다.
 웃고 떠들며 먹고 마신다.
 황폐한 전장을 전전하는 동안 얼마 없던 축제에 그들의 피폐해졌던 마음이 잠시나마 풀어졌다.
 자운 역시 마찬가지였다.
 '가끔 이런 휴식을 취하는 것도 나쁘지 않군.'
 다들 웃고 떠드는 모습을 보니 자운의 마음 역시 덩달아

흥이 오른다. 얼마나 흥이 올랐는지 검을 빼 들고 한바탕 검무를 덩실덩실 추었을 정도였다.

하지만 이런 생활도 내일이면 원래대로 돌아가야 한다.

내일이면 반지화를 떠나서 운남 땅으로 들어서야 하는 것이다.

계획대로 이공이라는 녀석을 무림맹과 자신의 영역 사이에 가두기 위한 움직임이었다. 운남성을 비롯하여 몇 개의 지역들을 더 돌았을 때, 이 계획이 완성된다면 무림의 절반은 다시 정파의 영역으로 돌아올 것이다.

그렇다면 대등하게 적성과 싸울 수 있다.

자운이 창가에 걸터앉아서 늦은 밤까지 이어지는 축제의 불빛을 바라보았다.

동공에 가득히 이리저리 움직이는 사람들의 모습이 잡혀 들어온다.

자운의 눈에 잡힌 이들은 운산도 있었으며 우천도 있었고 다른 황룡문도도 있었다.

아니, 황룡문도가 아닌 사람들도 있었다.

그들에게서 한 가지 공통점을 찾아보라면 얼굴 가득 함박웃음을 짓고 있었다는 점이다.

그렇게 한참을 바라보고 있었을까, 자운은 뒤쪽에서 나는 인기척에 고개를 돌리지도 않고 말을 했다.

"무슨 일이야?"

자운의 뒤에 나타난 사람, 그것은 오늘 축제의 주인공이라 할 수 있는 백정명이었다.

백정명이 자운의 뒤에서 고개를 숙여 보인다.

"감사합니다. 천 대협."

자운이 손에 들고 있는 술병을 내려놓으며 그를 바라보았다.

"감사하다니. 무슨 말을 하는 거지?"

아무것도 모르겠다는 듯 천연덕스럽게 말하는 자운의 표정은 꽤나 연기가 잘된 것 같았으나, 백정명이 그 정도에 속을 정도의 바보는 아니다.

백정명 역시 일파의 수장이었던 사람, 오늘 일을 잘 생각해 본다면 자운이 왜 그런 일을 벌였는지 정도는 어렵지 않게 추측할 수 있었다.

"저도 바보는 아닙니다. 저와 가려를 이어지게 해주려고 그런 일을 벌인 게 아닙니까."

그의 말에 자운이 피식 하고 웃었다.

"지금 독거노인 옆에 와서 염장을 지르는 거야?"

자운이 웃으며 하는 말이었지만 받아들이는 백정명은 그것이 아니었나 보다. 그가 손사레를 치며 고개를 흔들었다.

"아닙니다. 절대로 그런 의미가 아니었습니다."

농담을 농담으로 받아들이지 못하는 백정명을 보며 자운이 가볍게 한숨을 내쉬었다.

"됐어. 농담이었으니까. 어쨌든 이제부터가 중요한 거겠지."

그가 벽의 한쪽에 걸려 있는 천하도를 바라보았다.

천하의 절반 이상이 지금은 적성의 영역이었다. 그나마 황룡문의 힘으로 되돌린 것이 사천성의 절반, 이 절반을 또 언제 빼앗기게 될지 모른다.

그 전에 정파는 끈끈한 결속력을 다지며 적성의 공격에 대비를 해야 할 것이다.

"그것보다 부탁하고 싶은 일이 있는데 말이야."

자운의 말에 그가 무슨 일이냐는 듯한 표정으로 자운을 바라보았다.

"사실 정파의 영역이 된 것은 사천성의 절반뿐이야. 다르게 말하면 사천성은 지금 분쟁지대라는 거지."

정파의 영역이 절반이고 적성의 영역이 절반이다. 이런 상황에서 처신을 잘못한다면 작은 불씨 하나에 거대한 화마가 피어올라 전장이 될 수도 있었다.

그리고 그렇게 된다면 간신히 정파의 영역으로 되돌려 놓은 사천 땅의 절반은 다시 적성의 손아귀에 들어가게 될 것이 분명했다.

자운은 지금의 상황을 찬찬히 백정명에게 설명해 주었다.

"이런 말씀을 저에게 하시는 것을 보니 저에게 부탁할 일과 이 정보가 관련이 있나 보군요."

자운이 고개를 끄덕였다.

"눈치가 빠르니 좋네. 너한테 부탁하려는 일과 당연히 관계가 있지."

"저에게 부탁하려는 일이 무엇인데 그러십니까?"

"네가 사천 땅의 정파들을 규합해 줬으면 좋겠어. 호혈방과 반성련의 힘을 합치면 지금 사천 땅에 남아 있는 정파 중에서는 가장 거대한 규모가 될 거야. 그러니 그 힘을 반지화를 지키는 데만 사용하지 말고, 다른 정파들과 힘을 합쳐서 적성을 막아 줬으면 좋겠는데 말이야."

자운의 말에 백정명이 잠시 생각에 잠기더니 이내 곧 선선히 고개를 끄덕였다.

"그렇게 하겠습니다. 한데 난신께서는 이제 어떻게 하실 생각입니까?"

그의 물음에 자운이 운남 땅을 손가락으로 짚었다.

"여기에 들어갈 거야. 혹시 이곳에 대한 정보, 아는 것 좀 있어?"

자운의 말에 백정명이 눈살을 찌푸렸다. 반지화는 운남

과 닿아 있는 곳이다. 운남의 정보는 손에 넣으려고 하면 어렵지 않게 얻을 수 있기도 했다.

백정명 역시 운남의 정보 몇 가지를 가지고 있었다.

"지금 운남은 전쟁 중이라고 합니다."

"운남 땅이 말이야?"

자운의 반문에 백정명이 고개를 끄덕였다.

"예. 사실 운남이 오지이지 않습니까. 그래서 적성도 쉽게 들어가지 못하고 겉에서만 맴돌며 독곡과 대치상태를 이루고 있다고 합니다."

운남에는 독곡이 있다.

운남이 워낙 오지라 잘 알려지지 않았지만, 독에 대해서는 사천당가에도 뒤지지 않는 문파가 바로 독곡이었다.

정사지간의 문파라 어느 쪽에도 휩쓸리지 않고 몇 백 년의 시간을 살아온 이들.

자운이 독곡에 대해서 정보를 떠올렸다.

'그러고 보니 그 녀석도 독곡 출신이었지.'

과거 자운의 친우 중에서도 독곡 출신이 있었다. 독곡의 후계자 중에 한 명이었으면서, 무림행을 하던 도중에 방문한 황룡문에서 자운과 마음이 맞아 친우가 되었던 녀석이었다.

'남우, 그 녀석은 독곡의 후계자가 되었으려나?'

자운이 입맛을 쩝쩝 하고 다셨다. 그러고 보니 자운의 사부인 황룡검존이 놈에게 우스갯소리로 했던 말도 있었다.

 '천수를 누릴 상이라고 했지.'

 괜히 장난기가 발동했다.

 '그놈 아직까지 살아 있는 거 아냐?'

 물론 그럴 리가 없었다.

 "독곡과 대치 상태라……."

 자운이 말꼬리를 흐렸다. 독곡 이야기가 나오니 괜히 남우가 보고 싶어진다.

 자운이 고개를 들어 환하게 뜬 달을 바라보았다.

 이제는 얼굴까지 흐릿해서 잘 기억나지 않는 이가 바로 남우였다.

 '후우. 이백 년, 참 오래되기는 한 모양이네.'

 새삼 자신이 노괴물이라는 생각이 들었다. 놓아두었던 술병을 들어 올리자 짤랑거리는 소리가 나며 술병 속의 술이 움직였다.

 자운이 술병을 통째로 입으로 가져가 술을 꿀꺽 하고 삼킨다.

 '그래도 나는 살아간다.'

 * * *

축제가 끝나자 자운은 바로 황룡문도들을 규합하여 운남 땅으로 들어갔다.

운남은 오지다. 들어서자마자 푹푹 찌는 더위가 여기저기서 느껴졌다.

자운이 자신의 얼굴에다 대고 부채질을 하며 중얼거렸다.

"더워 죽겠네."

그 말에 운산이 다가와 웃으며 말한다.

"추위도 더위도 느끼지 않으시면서 그런 말씀을 하시면 전혀 신빙성이 없습니다."

자운이 뜨악 하는 표정으로 그를 바라보았다.

"뭐래. 난 그럼 찬물 마시고도, 어, 미지근하네, 해야 하냐? 그 정도 감각은 나도 느낄 수 있거든? 내공으로 차단을 해야 못 느끼는 거지."

자운의 말에 운산이 말을 더듬었다.

"그, 그렇습니까?"

"그럼 넌 수화불침이 뭐라고 생각한 거냐? 평생 차가운 것도 뜨뜻한 것도 못 느끼고 사는 거라고 생각했냐. 이게 또 사람 하나를 감각장애라고 생각하고 있었구만."

뒤통수를 한 대 쳐 버릴까 했지만 더워서 그럴 생각도 싹

하고 사라졌다.

"어휴. 어디 쉬어갈 곳이 없나."

자운이 고개를 두리번거렸다. 날이 더워도 너무 더웠다. 그나마 자운은 땀을 흘리지 않고 있었지만 황룡문도 중에서 몇몇은 이미 땀을 흠뻑 뒤집어쓰고 있었다.

땀을 쭈욱 흡수한 옷은 무거운 천이 되어 몸을 짓눌렀다.

아무래도 잠시나마 쉬어가는 것이 좋을 듯했다.

곧 얼마 안 가 자운이 계곡물 하나를 발견한다.

"야. 저기서 좀 쉬어가자."

물만 흐르고 있는 것이 아니다. 주변에는 적당히 그늘도 져 있는 것이 더위를 피하기에는 안성맞춤이었다.

그래도 오후가 되면 지금보다는 조금 선선해질 테니 그 때 움직일 생각인 것이다.

황룡문도들이 물을 보고는 반색을 하며 뛰어갔다. 자운도 그중에 섞여 있었다.

"물이다아!"

풍덩하는 소리와 함께 자운이 물속으로 뛰어들었다.

차가운 물의 감각이 몸을 타고 느껴진다.

"으, 시원해."

바로 이 감각이다. 이 감각을 원했기에 물속에 뛰어든 것이 아닌가. 자운이 물속에 뛰어든 채로 물을 몇 모금 꿀꺽

하고 삼켰다.

"크으."

식도를 타고 넘어가는 계곡물 맛이 끝내준다. 자운이 엄지손가락을 치켜들었고 다른 황룡문도들 역시 뒤이어 물을 꿀꺽거리며 삼켰다.

다들 지쳐 있던지라 물은 꿀맛 같은 단맛을 선사했다.

충분한 수분을 보충한 후에 이어진 것은 휴식이었다.

그늘가에 옹기종기 모여 앉아 휴식을 취하고, 운산이 그 속에서 걱정스럽게 입을 열었다.

"정말로 여기서 한가하게 쉬고 있어도 되는 겁니까?"

그의 말에 자운이 고개를 끄덕였다.

"지금 움직이면 애들 몸만 상하지. 차라리 천천히 체력을 비축하면서 움직이는 게 좋아. 이런 오지에는 체력관리 잘 못하면 병이 걸릴 수도 있으니까."

자운이 설명을 해주자 운산이 수긍했다는 듯 고개를 끄덕였다.

확실히 문도들이 탈이라도 나면 곤란하기는 했다.

얼마나 그늘에서 쉬었을까, 날이 조금 선선해지기 시작할 무렵, 자운이 자리에서 벌떡 일어났다.

"왜 그러십니까?"

자운이 일어나며 코를 킁킁거리자 운산이 자운의 뒤를

쫓아 일어나며 물었다.

 운산이 물었으나 자운은 신경도 쓰지 않고 계속해서 주변을 살핀다.

 "피 냄새가 나는데?"

 자운이 코를 찡긋하며 말했다. 자운의 말에 운산이 헛바람을 들이켜며 그 역시 코를 통해 냄새를 맡으려 노력한다.

 얼마나 시간이 지났을까, 바람이 불어오며 그 속에 미미한 혈향이 섞여들었다.

 그뿐만이 아니었다.

 "독향?"

 자운이 고개를 갸웃했다.

 피 냄새 사이로 독향이 섞여서 나고 있었던 것이다. 자운이 고개를 두리번거렸다.

 독향과 혈향이 동시에 난다면 주변 어디선가 전투가 벌어진 것이 틀림없었다.

 퍼뜩 하고 백정명에게서 들었던 말이 떠올랐다.

 운남은 아직 적성이 완전히 장악하지 못하고 독곡과 계속 겨루고 있는 중이라는 사실을 말이다.

 자운이 킁킁거리며 피 냄새를 쫓았다.

 "꽤 먼 곳에서 흘러들어온 피 냄새가 분명한데."

 고개를 두리번거리던 자운의 눈 위로 개울 위에 흐르는

붉은 물이 들어온다.

자운이 개울을 향해서 달려갔다.

그리고는 흘러오는 붉은 물을 확인했다. 분명한 피다. 그것도 적은 양이 아니었다.

어지간한 피의 양으로는 계곡물의 색이 변하지 않는다.

계곡물의 색이 옅은 선홍색을 띠기 위해서는 엄청난 양의 피가 흘러야 했다. 그뿐만이 아니다.

피 속에 독기도 섞여 있는 것인지 혈향 사이에 독향도 섞여 있었다.

"상류 쪽이군."

자운이 황룡문도들을 불러 일으켜 계곡의 상류로 향했다. 독향이 섞여 있는 것이 분명하니 독곡이 움직이고 있는 것이라 추측했기 때문이다.

얼마나 계곡의 위로 올라갔을까.

한 시진 정도를 계곡을 타고 올라서 그는 스무 구에 이르는 시체가 독기에 녹아내리고 있는 장면을 목격했다.

'윽.. 독기가 제법 강하군.'

화골산도 살짝 뿌린 것인지 뼈 역시 부글부글 끓으며 녹아내리고 있었다. 자운은 황룡문도들의 접근을 막은 후 홀로 독기 속으로 걸어 들어갔다.

그의 양옆으로 은은한 금광이 피어오른다.

그 기운에 독기들은 감히 침범하지 못하고 파직 하는 소리와 함께 타들어갔다.

독기와 화기는 상극이다. 황룡문의 내공심법은 양기를 담아 극대화시켜 화기로 바꾸는 무공. 그 힘을 주변에 둘렀으니 어지간한 독들은 침범하지 못할 것이 분명했다.

자운이 녹아내리고 있는 시체 중의 하나의 팔을 집었다. 그리고는 내력을 천천히 불어넣었다.

이들이 어느 곳의 무사인지를 파악하기 위해서였다.

사파의 무사들이라면 사특한 기운이 느껴질 것이 분명했다.

'역시.'

아니나 다를까, 무사의 몸속에서 사특한 기운이 느껴지자 자운이 씨익 하고 미소를 지었다. 아무래도 이들은 독곡의 무사들과 싸움이 난 적성 소속 사파의 무사들인 듯했다.

'그렇게 된 거였군.'

자운이 주변을 살펴보았다. 계곡의 상류, 시체들이 있는 곳 바로 옆에는 커다란 바위가 있었고 주변에는 울창한 나무들이 둘러져 있다.

이름 모를 나무들이 빽빽이 있어 지리를 모르는 사람이 저 사이로 들어갔더라면 길을 잃기 십상이었을 것이다.

'하지만 이 지형이 익숙한 독곡의 무사들이라면 저 속을

얼마든지 움직이고 다닐 수 있었겠지.'

자운이 숲 속으로 다가갔다. 주변을 찾아보자, 흔적을 지우기는 하였으나 미미하게 남아 있는 발자국이 있었다.

'역시 독곡의 무사들은 이곳에서 사파의 무사들을 공격했구나.'

자운이 씩 하고 웃었다.

격전의 자국이 없다고 했더니 독과 지형의 이점을 활용해 훌륭히 적성을 상대하고 있지 않은가.

'이러니 적성에서 독곡을 상대하기 어려워했겠군.'

정면승부가 아닐 뿐더러 지형을 적절하게 이용하고 있었다. 또한, 독은 잘 사용하면 대량살상 까지 가능한 것이 아니던가.

적성이 아무리 규모가 크고 강하다고는 하나 이런 독곡이 가진 이점들 앞에서는 크게 힘을 쓰지 못했을 것이다.

'독곡은 무사한 것 같아서 다행이야.'

자운이 문도들 옆으로 돌아가며 자신이 파악한 바를 알려주었다.

독곡과 적성의 싸움이 있었고, 독곡이 이 전투에서는 승리했다는 사실까지.

자운이 설명해 주자 문도들은 반신반의하면서도 고개를 끄덕였다.

"이제 다시 독곡으로 이동을 해볼까."

독곡의 위치는 자운이 알고 있었다. 무림 세외 문파이고 사람들에게 잘 알려지지 않은 문파이긴 하지만 이전에 남우의 초대를 받아서 방문한 기억이 있었기 때문이다.

독곡으로 향하는 자운의 발걸음이 빨라졌다.

독곡의 근처로 다가가자 녹색 안개가 자운의 주변을 두르기 시작했다. 그것이 불안한지 문도들이 자운의 옆으로 더욱 바싹 달라붙었다.

자운이 녹색 안개를 보며 피식 하고 웃었다.

'이건 여전히 변하지 않았네.'

독곡을 방문하며 이전에도 본 적이 있었다. 침입자에 대비하기 위해 만들어둔 단체, 어지간한 고수는 이 속에서 감각을 잃고 헤매다가 진의 밖으로 자연스럽게 밀려나게 된다.

하지만 자운은 어지간한 수준의 고수가 아니었다.

'이런 진법쯤이야.'

일직선으로 돌파할 수도 있었다.

이미 어디에 독곡의 무사들이 있고 어느 쪽에 독곡의 건물이 있는지도 파악이 끝난 상황이었다.

자운의 걸음이 거칠 것 없이 움직였다.

그를 따르는 황룡문 무사들도 천천히 걸음에 힘이 실리었다.

그들의 옆에 있는 존재는 당금 무림에서 천하제일인에 가장 가까운 존재였다.

무엇이 두렵다는 말인가.

자운에 대한 믿음이 그들의 발걸음에 더욱 힘을 실어주었다.

얼마나 걸어갔을까, 녹색 안개가 사라지며 자운의 눈에 독곡의 정문이 보이기 시작한다.

독곡의 문은 아직 조금 떨어진 거리에 있었는데, 그 사이로 천장단애가 가로지르고 있었으며 위태로운 다리 하나가 걸려 있었다.

비상시에는 이 다리를 잘라 적들의 침입을 막는 동시에 천장단애로 떨어지는 나락을 방책처럼 사용하는 독곡이었다.

무사들이 서 있는 것은 정문의 앞이 아니라 그 다리의 앞이다.

자운들이 녹색 안개를 헤치고 걸어나오자 독곡의 정문을 지키던 무사들의 얼굴에 당혹감이 어리었다.

"지금 저 진법 속을 헤집고 나온 것이오?"

독곡 무사의 물음에 자운이 싱글벙글 웃으며 고개를 끄

덕였다.

"물론."

얼마 만에 보는 독곡의 입구던가. 이백 년이 넘는 시간이 지났음에도 불구하고 독곡의 형태는 크게 변화가 없었다.

자운의 말에 무사가 떨리는 목소리를 숨기지 못하고 물었다.

"어, 어디서 오신 분들이요. 호, 혹시……?"

그가 말꼬리를 흐리며 허리춤의 검병으로 손을 가져갔다. 적성에서 온 자들이라면 단번에 다리를 끊어 독곡으로는 들어가지 못하게 할 심산이었던 것이다.

그런 그의 행동이 빤히 보이자, 자운이 피식 하고 웃으며 검을 빠르게 뽑았다.

쉬리릭—

자운이 검을 뽑자 당황한 것은 독곡의 무사였다.

"어딜!"

그가 단번에 검을 치켜들어 다리를 끊으려 했다. 하지만 그보다 자운의 좌수가 출수되는 것이 빨랐다.

휙휙 하는 바람 소리가 들려온다 싶더니 무사의 혈이 단번에 점해진다.

"기다려 봐. 적은 아니니까."

자운이 웃으며 말했지만, 무사는 등골이 축축하게 식어

가는 것을 느낄 수 있었다.
 '어, 엄청난 고수다.'
 검이 뽑혀지는 것을 보기는커녕, 자신을 점혈하는 손길이 어떻게 움직이는지는 흔적도 보이지 않았다.
 갑작스럽게 몸이 멈춰 있었고 자운의 좌수가 뻗어져 있는 것을 확인했을 뿐이다.
 당황하는 무사를 뒤로 하고 자운이 검에 황금색 기운을 불어넣었다.
 콰우우우—
 하늘을 향해 쏘아지는 황룡검탄!
 울부짖음이 하늘로 솟구치고, 황룡이 허공을 선회한 후에 사라졌다.
 "우리는 황룡문에서 왔다. 독곡에 가서 전해. 이백 년 전 함께 전장을 거닐었던 전우의 문파가 독곡을 방문했노라고."
 황룡문이 독곡에 당도했다.

*　　*　　*

 황룡문이 왔다는 말에 독곡에서 사람들이 나왔다.
 남만이 오지라 무림의 소식이 잘 들어가지 않는다고는

하지만 황룡문의 이름이 사해에 떨치고 있어 그 소문이 이런 오지까지도 흘러 들어왔던 것이다.

독곡의 장로로 보이는 이가 자운을 향해 다가오며 말했다.

"다, 당신이 난신이오?"

자운이 고개를 끄덕인다.

"물론. 어디 건물 하나라도 부숴줄까?"

난신이라는 별호에 자운이 눈을 희번덕거리며 말했다.

말만 하면 싹 갈아엎어 버릴 기세로 자운이 눈을 번득이자 독곡의 장로가 두 손을 흔들며 손사레를 친다.

"아, 아니 아닙니다. 분명 저희도 곡 안에서 하늘로 솟구치는 황룡의 형상을 확인했으니까요."

금빛을 띠는 기운, 그것도 황룡의 모습으로 강기를 형상화하는 무공은 황룡문의 무공 말고는 없다.

그렇기에 그 한 수를 보인 것만으로도 충분히 자운의 신원이 보증된 것이라 할 수 있었다.

"안으로 모시겠습니다."

그가 앞장서서 천장단애를 건넌다. 바람에 흔들리는 다리 위에 올라서서 아래를 내려다보자 끔찍하기 그지없다.

얼마나 깊은 것인지 바닥이 보이지 않는다. 물론 내력을 이용해 안력을 돋운다면 충분히 확인할 수 있겠지만 거기까지는 하고 싶지 않았다.

휘이잉—

어디선가 협곡의 사이로 강력한 바람이 불어왔다. 나무로 엮고 줄로 의지해 놓은 다리가 심하게 출렁거렸다.

"으으윽."

황룡문도들 몇이 신음을 흘린다. 그 신음에 독곡의 장로가 뒤를 돌아보며 경고했다.

"조심하십시오. 바람이 심해서 건너기가 쉽지 않습니다."

대외적으로 알려진 독곡으로 들어가는 문은 이것이 전부다. 하지만 꼭 그렇지는 않을 것이다. 내부 인사가 이용하는 길이 있을 것이 분명했지만, 그것은 아무리 이백 년 전 함께 전장을 거닐었던 전우라고 할지라도 알려주지 않는다.

그 길을 넘어 적이 침범해 올 위협이 있었기 때문이다.

자운 일행은 어쩔 수 없이 이 흔들거리는 낡은 다리를 건너야 한다.

"으으윽."

휘이이잉—

더 거세게 바람이 불어오자 몇몇 문도가 흔들거리는 줄을 부여잡았다. 그렇게라도 하지 않으면 당장에 다리가 뒤집어져 떨어질 것 같았기 때문이다.

"바람이 너무 강하게 부는군."

우우우웅—

자운의 말이 끝남과 동시에 황금빛 서기가 다리 전체를 감쌌다.

자운의 무지막지한 내력이 바탕이 되었기 때문에 가능한 신기, 그 신기에 독곡의 장로가 헛바람을 들이킨다.

"허업!"

'이, 이 정도의 내력이라니. 그분과 비슷한 내력이 아닌가?'

그가 헛바람을 들이쉬며 자운을 새로운 눈으로 바라보았다. 무림에서 난신, 난신 한다고 해도 절대의 경지보다 아주 조금 더 높겠거니 생각했는데, 이건 내력의 양으로 계산하면 그야말로 무지막지하지 않은가?

'중원에 이런 괴물이 있었구나.'

자운이 내력으로 보호한 덕분인지 더 이상 다리가 흔들리는 일은 없었다. 그 때문에 황룡문의 문도들은 빠르게 다리를 건널 수 있었고, 곡의 장로가 안내를 하는 이인지라 기타 다른 검문을 받지는 않았다.

사실 난신을 검문할 정도로 간이 큰 인물이 독곡에 없다고 해야 맞는 말일 것이다.

무상으로서 정식으로 요청합니다

장로의 안내로 향한 곳은 독곡의 외각에 위치한 별채였다.

손님들이 올 것을 대비해 만들어둔 별채였는데 돈을 조금 써서 만든 듯 귀한 티가 났다.

'나쁘지 않군.'

자운이 별채를 둘러보며 고개를 끄덕였다.

"여기서 잠시만 기다려 주십시오. 곡주님께는 보고가 올라갔으니 곧 만나 뵐 수 있을 겁니다."

자운이 고개를 끄덕이며 장로를 향해 한 가지를 부탁했다.

"그냥 기다리면 심심하니까 씹을 거리나 좀 가져다줬으면 좋겠어."

무려 난신의 부탁이다. 장로가 고개를 끄덕였다.

"예. 옙. 시비를 시켜 먹을거리를 들여보내도록 하겠습니다."

독곡에는 무림에서 보기 힘든 진귀한 음식들이 많다. 다과라고 해서 다른 것은 아니었다. 중원에서 보기 힘든 다과 몇 개가 보였다.

자운이 특이하게 말려 있는 달짝지근한 당과를 씹으며 시비에게 물었다.

"이거 고기 씹는 맛이 나는데 뭐로 만든 거지?"

자운의 말에 시비가 고개를 살짝 숙여 보이며 답한다.

"도마뱀의 꼬리를 말려 잘게 갈아 튀기고 그 위에 양념을 한 것입니다. 어찌, 입맛에는 맞으십니까?"

그의 말에 자운이 도마뱀 꼬리 당과를 몇 개 더 집어 먹으며 말했다.

"어. 달짝지근한 게 꽤나 맛있는데? 왜, 다들 안 먹고 뭐해?"

도마뱀 꼬리라는 말에 먹을 식성이 싹 달아났다. 그걸 비위 좋게 먹고 있는 자운이 별천지 사람처럼 보였다.

자운이 다른 것 하나를 집어 들었다.

"이건 뭐지?"

"썩은 고목 아래에서 사는 지네입니다. 원래는 독이 있는데 독을 제거하여 잘 말리면 바삭한 게 먹기 좋습니다."

시녀의 말에 입안에 넣고 한번 씹어보자 바삭한 맛이 정말로 그만이다.

자운이 운산과 우천을 향해 하나씩 건네었다.

"자자. 뭣들 해. 하나씩 먹어보자고."

운산을 향해 권한 것은 도마뱀의 꼬리였고 우천을 향해 권한 것은 말린 지네였다.

어느 것 하나 쉽게 손대지 못할 것들, 운산과 우천이 떨리는 손으로 자운이 건네는 것을 받아 들었다.

눈앞에서 이것을 권하는 자가 대사형만 아니었더라면, 아니, 난신으로 불리는 자만 아니었더라면 분명히 거절했을 것이다.

하지만 자운의 눈은 분명히 그들을 향해 말하고 있었다.

'거절하면 뒤통수 때릴 거야.'

자운의 그런 시선을 받은 그들로서는 감히 자운이 건네는 것을 거절할 배짱이 없었다.

운산과 우천이 서로 얼굴을 한 번씩 바라보더니 각자의 손에 들린 것을 확인했다.

"뭐해, 안 먹을 거야?"

자운의 재촉이 들려오자, 둘 다 손을 움직여 손에 들린 것을 입으로 가져간다.

천천히, 천천히 입안으로 들어온 것을 씹었다.

그때 둘은 서로 같은 생각을 하고 있었다.

'적어도 도마뱀 꼬리는 아니잖아.'

'적어도 말린 지네는 아니잖아.'

서로 위로가 되었다는 사실을 꿈에도 모를 사형제간이었다.

그들이 얼마간 먹거리를 즐기고 있을 때, 독곡의 곡주에게서 연락이 왔다.

곡주의 연락을 받은 황룡문에서는 자운과 운산, 그리고 우천만이 독곡의 곡주를 만나기로 했다.

날렵해 보이는 인상, 길게 길러 내리지는 않았지만 단정하게 자른 수염의 인상적인 얼굴의 소유자였다.

자운이 그의 얼굴에서 남우의 얼굴을 찾았다.

'닮았네.'

후손쯤 될 것이다. 입맛을 쩝 하고 한 번 다시는 자운을 향해서 독곡주, 남상천이 말했다.

"황룡문에서 오신 분들이라 들었소."

자운이 고개를 끄덕였다.

"중원 황룡문에서 왔지. 잘 알고 있을 텐데, 황룡문과 독곡의 관계는?"

자운의 말에 남상천이 고개를 끄덕였다. 중원과의 교류가 잦지 않은 독곡이었지만 황룡문과는 예외였다.

황룡검존과 당시의 독곡주가 절친한 친우였기 때문이었다.

"물론 독곡과 황룡문의 인연은 잘 알고 있소. 한때는 황룡문이 정말로 사라지는 것이 아닌가 걱정을 했는데, 어디서 엄청난 분이 등장해서 황룡문을 다시 반석 위로 올렸을 때는 얼마나 다행이라고 생각했는지 모르오."

"진짜?"

반문하는 자운의 말에 남상천이 고개를 대번에 끄덕였다.

끄덕이는 그의 눈빛에서 진심이 묻어났기에 자운 역시 고개를 가볍게 끄덕여 보인다.

'진심인 것 같군. 그것보다 무위가 제법인데?'

자운이 이리저리 눈을 움직여 독곡주 남상천의 무위를 읽어내었다.

'괴걸왕이랑 비슷한가. 아니 좀 더 위군. 엄밀히 말하면 남궁인과 비등하겠어.'

독곡주 역시 절대의 반열에 오른 실력자였던 것이다. 지금에서야 자운이 절대의 반열을 훨씬 위에서 내려다보고 있지만, 삼 년 전만 해도 자운은 절대의 경지였다.

아니, 당시에도 자운은 절대자의 경지라고 하기에는 애매했다.

이백 년 동안 내공수련만 한 탓에 가지고 있는 무지막지한 내력은 절대의 경지를 훨씬 초월해 있었던 것이다.

그것이 이백 년간 거의 하지 않았던 무공수련을 통해서 다듬어졌고 절대의 경지를 넘었다.

다른 이들이었다면 삼 년이라는 시간에 그 모든 기세를 가다듬지 못했겠지만 자운은 조금 특이했다.

그는 하늘이 내린 천재라고 할 정도로 무공에 대한 이해도가 높았고, 또한 절대의 고수들과 이어진 연이은 전투는 실전감각을 높여 주었다.

두 가지가 밑받침되자 경지가 상승하는 것은 그야말로 한순간이었다.

'지금 중요한 것은 그게 아니지.'

"그런데 황룡문에서 이곳까지는 무슨 일로 오신 것이오?"

단도직입적으로 물어오는 그의 말에 자운이 찻잔을 내려 둔다.

찻잔이 깨끗하게 비어 있었다.

"적성이라는 개새끼들 때문에 골치 좀 썩고 있다고 들었어."

"허허. 소문이 잘못 전해진 모양이구려. 엄밀하게 말하면 적성이 본 곡 때문에 골치를 썩고 있는 것이지요."

독곡주의 말에 자운이 푸핫 하고 웃더니 고개를 끄덕였다. 속에 있는 걸 토해내게 하려고 화두를 던졌는데 독곡주가 그것을 받아친 것이다.

자운이 웃으며 말했다.

"하지만 골치가 좀 아프기는 하잖아? 아무리 그래도 자기 영역에 웬 듣도 보도 못한 잡것들이 와서 설치는데 기분도 좀 나쁠 거고."

그의 말에 남상천이 눈살을 찌푸리며 말했다.

"확실히. 조금 거슬리기는 하지요. 하지만 상대하지 못할 정도는 아닙니다."

"하지만 독곡은 계속해서 운남에 머물러 있게 되겠지. 이참에 중원으로 나올 발판을 마련하는 게 어때?"

자운의 말에 그의 미간이 꿈틀 하고 움직였다. 독곡이 무림에 나가지 못하는 것은 운남성이라는 폐쇄적인 지형 탓도 있었지만 세외의 문파를 잘 받아들이지 않는 중화 특유의 사상이 있었기 때문이다.

그런데 자운은 지금 그것을 무시하고 세상으로 나갈 수 있다고 말하는 것이 아닌가.

"하나 무림은 우리를 받아들이지 않을 것이오."

자운이 이죽이는 말투로 그의 말을 받아쳤다.

"너네가 나가지 않으면 너넨 평생 무림에 받아들여지지 못할 거야. 그렇다면 차라리 이번 기회에 무림에서 빼도 박도 못할 발판을 만들어둬야 할 거 아냐?"

자운은 세외무림에 대한 거부감이 전혀 없다.

또한, 당장에 그들을 무림에 들여 놓을 방법 역시 있었다.

"어떻게 방법이 있겠습니까?"

남상천이 자운을 바라보며 진지한 눈길로 말한다. 그의 눈길에 자운 역시 진지하게 바라보며 입을 열었다.
"무림맹의 무상으로서 정식으로 요청합니다. 정파무림은 지금까지 없었던 초유의 사태를 해결하기 위해 독곡에 원조를 요청하는 바입니다."

황룡난신

 자운의 말에 남상천의 머리가 혼란스러워졌다. 무림맹의 무상으로서 하는 공식적인 요청, 지금 이 말을 믿어야 한다는 말인가.
 그가 머릿속에서 일어난 혼란을 정리하고 있을 때, 자운이 품속에서 패 하나를 꺼내었다.
 무림맹의 무상임을 증명하는 옥패가 자운의 손에 있었다.
 남상천을 그것을 조심스럽게 받아들었다.
 무림맹의 무상이 사용한다는 패를 단 한 번도 본 적은 없었지만, 이렇게 잘 음각된 패를 사용하는 곳은 적지 않을 것이다.

그리고 사내는 무림에서 이름을 날리는 절대고수, 무림맹의 무상 직을 맡고 있다고 해도 하등 문제될 것이 없을 정도의 고수였다.

'정말일까?'

머릿속에서 온갖 상념이 교차한다.

이번 일이 잘 된다면, 중원무림은 독곡에 은혜를 입는 것이라 할 수 있었다.

사실 독곡은 이백 년 전의 전장에서도 황룡문의 요청을 받아 무림에 나선 적이 있었다.

그때에 많은 활약을 했음에도 불구하고 무림의 공식적인 요청이 아닌 황룡문의 요청이었기 때문에 이후 무림으로 당당히 나서지 못했다.

하지만 지금은 그때와는 다르다.

자운은 당시의 황룡검존과는 다르게 지금의 자운에게는 무림맹의 무상이라는 직위가 있었다.

또한, 지금의 무림은 무림맹의 힘만으로 구제하기가 힘들었다.

독곡의 힘을 더하고, 천산설곡의 힘을 더한다면 아마도 이 위기를 헤쳐 나갈 수 있으리라.

'그리고 엄밀하게 말하면 설곡도 세외 문파잖아?'

이미 설곡이라는 세외 문파가 가담을 한 시점에서 독곡 하나가 더해진다고 해서 뭐라고 할 문파가 따로 있는 것도 아니었다.

제정신이 박힌 문파라면 오히려 쌍수를 들고 환영할 것이 분명했다.

자운에게서 받아든 옥패를 들고 그는 한참을 생각에 잠기었다.

결정을 내리기 어려운 일이다.

한참을 고민하던 그가 자운에게 옥패를 돌려준다.

탁—

자운이 그 옥패를 다시 받아 들며 남상천에게 물었다.

"어때. 결정이 좀 되었나?"

"이 일은 저 혼자 결정할 수 있는 문제가 아닌 것 같군요. 조금 생각할 시간을 주십시오."

자운이 고개를 끄덕였다.

"얼마든지."

남상천의 방을 나오며 함께 갔던 우산과 우천 중 우천이 자운을 향해 물었다.

"어떨까요? 과연 독곡이 수락을 할까요?"

자운이 코끝을 매만지더니 우천의 물음에 답을 한다.

"글쎄. 그건 모르겠지만 확실한 건 독곡에게도 나쁘지 않은 제안이라는 거야."

북해빙궁은 그나마 무림과의 교류가 있었던 문파다. 그 전통이 천산설곡으로 이어졌을 것이다. 하지만 독곡은 무림과의 교류가 거의 없는 문파. 독곡의 몇몇 무사들에게는 무림으로 나가 보는 것이 일생의 소원인 이도 있었다.

그런 점에서 생각해 본다면 전혀 가능성이 없는 것은 아니었다.

"그렇군요. 무림맹의 무상 직을 받아낼 때, 설마 이것까지 염두하고 받으신 겁니까?"

이번에 물은 것은 운산이었다. 자운이 운산의 말에 씨익 하고 웃었다.

"내가 그런 걸 할 줄 알면 칼질을 왜 하냐. 자리 깔고 살지."

그 말에 운산과 우천이 웃었다.

"푸하하핫. 그렇군요. 역시 대사형이십니다."

"그렇지. 가진 건 적당히 이용하면서 잘 쓰면서 살아야 하는 거라고. 지위는 이럴 때 써야지, 안 그래?"

그간 무림에 나오지 않아서 그렇지 독곡이 비축해 둔 힘은 결코 적지 않았다.

독곡의 힘이 더해지면 적성을 상대하는 일이 한결 쉬워진다.

'일이 좀 잘 풀리면 좋겠는데 말이야.'

다리 아래를 스치던 바람이 웬일로 코끝을 스쳤다.

그리고 그 코끝을 타고, 그리운 향기가 지나간다.

'남우.'

녀석이 자주 쓰던 독가루에서 나던 냄새다. 공기 중에 극히 미량 섞여 있었기 때문에 들이쉰다고 해도 딱히 문제가 될 것은 없었다.

썩 좋은 냄새는 아니었지만 그리운 향수를 불러일으키는 냄새이기도 했다.

'녀석 닮은 어느 독쟁이가 또 독을 뿌렸나.'

자운이 코를 킁킁거렸다.

이틀 정도의 시간이 지나자 남상천이 자운을 만나러 왔다.

그의 얼굴에는 무언가가 결정된 듯한 표정이었다.

자운이 그의 얼굴을 보고 물었다.

"그래. 결정은 좀 했나?"

그 말에 남상천이 고개를 끄덕인다.

"예. 하지만 그 전에 먼저 함께 가주셨으면 하는 곳이 있습니다."

그 말에 자운이 고개를 갸웃하며 손가락으로 자신을 가리켰다.

"나 말야? 나보고 지금 어디 가자고?"

고개를 끄덕이는 남상천, 자운이 남상천의 말에 자리에서 일어났다.

어디를 가자고 하는 것인지는 모르겠지만, 한 번쯤 따라간다고 해서 손해되는 것은 기껏해야 신발 닳는 것밖에 더 있겠는가.

'그런 신발쯤이야 하나 달라고 하면 되지.'

남상천의 손에 이끌려서 간 곳은 독곡에서도 굉장히 심처에 위치하는 곳이었다.

"이런 곳에 나를 데려와도 되는 건가?"

자운이 주변을 둘러보며 말했다. 딱 봐도 문파에서 중요한 곳이라고 자랑하는 듯한 장식에 석벽들까지, 외인이 함부로 발을 들일 곳이 아니다.

자운이 입맛을 다시며 주변을 둘러보자 남상천이 몇 걸음을 더 걸어가다가 자운에게 답을 했다.

"이곳에 계시는 분이 난신을 뵙고 싶어 합니다."

"날? 뭐하러?"

사실 그것이 궁금하기도 했지만 자운이 주목한 것은 전

혀 다른 것이었다.

 독곡의 주인이자 최고 권위자인 남상천이 이곳에 있을 누군가를 이곳에 계시는 분이라고 극존칭을 붙여 불렀다.

 그 말이 가지는 파급력은 절대로 작은 것이 아니어서 자운으로서는 그 말을 그냥 듣고 넘길 수가 없었다.

 "그리고 그분은 누구야?"

 하지만 남상천은 더 이상 말을 하지 않았다. 그저 묵묵히 걸어갈 뿐, 그가 답을 하지 않자 자운 역시 되묻지 않는다. 어차피 이 길을 따라간다면 결국에는 알게 될 것이 분명했기 때문이다.

 한참을 더 걸어갔을까, 자운의 앞에서 걸어가던 남상천의 걸음이 뚝 하고 멈추었다.

 그런 그의 앞에 우뚝 자리한 화려한 제단, 그 위에 솟아 있는 것은 거대한 석벽이었다.

 "올라가시지요."

 남상천이 길을 비켜주며 자운에게 말한다.

 "넌?"

 남상천은 더 이상 같이 가지 않는 것인가? 자운의 의문에 남상천이 고개를 숙이며 답했다.

 "저는 이곳에 발을 들일 수 없습니다."

독곡의 곡주도 발을 들일 수 없는 곳에 기거하는 자, 그런 자가 자운을 왜 불렀을까.

의문은 더욱 거세어져 갔다.

그리고 저 석벽 너머에서 느껴지는 기세가 심상치 않았다.

'엄청난 괴물이 있나 보군.'

자운이 눈을 반짝하고 빛내었다. 지금 상황에서 괴물 같은 능력을 갖춘 조력자가 늘어난다면 쌍수를 들고 환영하고 싶었다.

하지만 자운이 곧 그 생각을 털어내었다. 저곳에 있는 이가 꼭 조력자라는 법도 없지 않던가.

확실하지 않으니 무어라 단정을 내릴 수가 없었다.

'몸으로 부딪쳐 보는 수밖에 없나?'

자운이 천천히 제단의 계단을 올랐다. 의식적으로 세지는 않았지만 어쩌다 보니 헤아리게 된 계단의 수는 총 칠십두 개.

칠십두 개의 모든 계단을 밟아 자운이 석벽의 앞에 섰다.

그그그궁—

힘을 주어 석문을 열자 육중한 소리와 함께 석문이 열리기 시작한다.

자운이 그 속으로 천천히 걸어 들어갔다. 어둠이 내려 깔

렸으나 자운에게 방해가 될 정도는 아니었다.

열리었던 석문이 다시 육중한 소리를 내며 닫히고, 자운이 자신을 향해 뻗어오는 공격을 느끼고 몸을 펄쩍 뛰었다.

'독기!'

자운이 허리춤에서 황룡신검을 뽑았다. 이곳에서 황룡무상십이강을 사용했다가는 그대로 건물이 모두 무너질 것이다.

'그건 쓸 수 없겠군.'

이 제단은 독곡에서 꽤나 중히 여기는 것이 분명했다. 그런 제단을 함부로 무너뜨릴 수는 없는 법이었으니 자운이 검을 뽑는 것으로 만족했다.

화르륵—

검에서 화기가 일며 선명한 금광이 휘감기고, 자운을 공격하던 독기가 강력한 열양지기에 모두 타서 사라진다.

"뭐하자는 미친놈이냐!"

자운의 목소리가 제전에 쩌렁쩌렁 울리고, 어둠 속에서 자운의 또래로 보이는 청년이 모습을 드러냈다.

"이름이 같아서 혹시나 했더니 혹시나가 역시나구나."

자운이 그의 모습을 멍하니 바라보았다.

"아니. 그럴 리가 없지."

자운이 고개를 절레절레 흔든다. 눈앞에 보이는 청년의

모습이, 자운이 기억하고 있는 누군가의 모습과 똑 닮아 있는 것이 아닌가.

하지만 그의 세수는 이미 살아 있는 사람의 나이가 아니었다.

사람이라면 지금까지 살아 있는 것이 거의 불가능할 것이다.

자운의 말에 그가 즉각 응답했다.

"개뿔이. 아니기는 뭐가 아니냐. 나 남우 맞다. 이놈아."

그가 다가와서 자운의 손을 부여잡았다. 자운이 흠칫하며 손을 뺐다. 눈앞에 있는 이가 정말로 남우라면, 손을 잡는 즉시 장난친다고 독기를 불어넣으려 할 것이다.

자운은 예전에 그 독 때문에 한참을 고생한 적이 있었다.

"어, 이놈이 이제 안 통하네?"

남우가 불어넣은 독이 평범한 독이 아니었기 때문이다.

당시에 설사약을 침투시킨 남우 덕분에 자운은 삼 일간 측간만을 들락거렸어야 했다.

"이제 안 통해, 이 자식아!"

자운이 반갑게 웃으며 손을 휘둘렀다. 남우 녀석의 뒤통수를 후려치기 위함이었으나 남우는 맞지 않았다.

스스슷―

그의 몸이 어지럽게 흔들린다 싶더니 단번에 오여 장 밖에서 나타나는 그의 몸.

자운이 황룡신검을 뽑아 든 채로 그를 쫓았다.

"이놈아. 어디 칼빵 한번 맛 좀 봐라."

남우가 대경실색하며 손을 흔들었다.

"어, 이놈이. 이백 년 만에 만난 친우를 후려치려고 하네?"

웃으며 말하는 그의 손도 푸른색으로 물들었다. 독장을 쓰려는 것이다.

자운이 몸을 회전시킨다. 발끝에서 뻗어나온 회전력이 몸을 휘감고 자운의 몸을 돌렸다.

휘리릭—

황룡신검이 자운의 몸 주변을 회전하며 화기를 머금었다.

독장을 막아내기 위해서였다.

"이놈이, 이거 맛이나 봐라!"

유성독장(流星毒掌)!

가벼운 움직임과는 다르게 그 이름이 가지는 무게는 상당히 무거웠다. 하늘에서 유성이 떨어지는 것과 같은 묵직한 독장이 일대를 독 바다로 만들며 상대를 한 줌 혈수로 녹여 버린다는 수법.

독곡에서도 이름난 수법이지만 남우는 알고 있었다. 지

금 자운의 실력이 자신과 크게 차이가 나지 않는다는 점을 말이다.

그렇기에 안심하고 수를 펼칠 수 있는 것이다.

또 한 가지, 자운이 그러한 것처럼 자신은 전심전력을 다하고 있는 것이 아니었다.

내력의 사 할 정도만을 사용하고 있으니 자운이라면 충분히 막아낼 수 있을 것이다.

화르륵 하는 소리와 함께 유성독장이 소멸한다. 남우가 화들짝 놀라는 척을 하며 연달아 독장을 뿌렸다.

"냄새나는 독덩어리는 여전히 잘도 뿌려대는구나! 차하!"

자운이 기합성과 함께 날아들며 예전에 자주 하던 농을 했다.

"너도 곧 뒈져야 할 나이까지 올라간 놈이 잘도 뛰어다닌다. 허리도 안 아프냐!"

친우가 괜히 친우이겠는가. 남우의 입에서도 자운에 뒤지지 않는 걸쭉한 말이 흘러나왔다.

"너도 별 차이도 안 나면서 뭘 그래!"

황금빛 검강을 머금은 검이 남우를 쪼개어 버릴 듯 내려친다.

콰과과과—

하지만 남우가 훌쩍 뛰어 자운의 공격을 피한 후였기 때문에 자운은 애꿎은 바닥을 때렸다. 바닥이 통째로 무너지지는 않았으나 어느 정도 흠이 파진다.

"어이구. 너 그거 얼마짜린 줄 아냐. 그거 꼭 배상하고 가야 한다."

"지랄해라. 차라리 내 배를 째!"

"오냐, 그래. 배를 째 주마!"

자운이 달려들었고 남우가 달려들었다.

쾅쾅—

주먹과 주먹이 충돌하며 자운의 몸과 남우의 몸이 동시에 뒤로 밀려난다.

둘 다 내력을 절반 이하로 사용하며 싸우는 전투, 그럼에도 불구하고 둘의 격전이 있을 때마다 제전이 출렁거렸다.

밖에서 제전을 살피던 남상천이 경악을 할 정도였다.

하지만 둘의 싸움은 쉽게 끝나지 않았다.

자운이 검을 휘저었다.

콰드드득—

허공이 뒤틀리는 소리가 나며 화살처럼 빠른 검기가 남우를 향해 쏘아진다.

"흥. 이까짓 장난쯤이야 받아내어 주지!"

남우가 독장을 날리며 소리쳤다. 푸르죽죽한 독장이 검

기에 뒤지지 않는 속도로 날아갔다.

퍼석 하는 소리와 함께 허공중에서 충돌한 검기와 독장이 동시에 소멸한다.

이백 년 이상 살아온 노괴물쯤 되니 남우의 내력은 그야말로 엄청난 것이었다.

오 할에 채 못 미치는 내력을 사용했음에도 불구하고 독장이 가진 물리력이 엄청났다.

자운이 사용하는 기운이 열양지력이 아니었다면 독이 사방으로 튀어 중독되었을 것이다.

다행히 극성에 이른 열양지력 때문인지 금광에 닿은 독기는 그 족족 소멸해 버린다.

둘의 공력이 허공에서 소멸하는 순간, 남우가 지지 않겠다는 듯 손을 움직여 다시 독장을 뻗어 내었다.

쌍장이 단번에 교차하며 두 줄기에 이르는 장력이 자운을 향해 날아든다. 이번에는 자운이 콧방귀를 꼈다.

"이것도 못 막을까. 너무 대충 하는 거 아냐?"

자운이 왼손으로 염룡교를 펼쳤다. 화르륵 하는 불기운이 자운의 손에서 솟구치며 그대로 두 개의 장력 중 하나를 쳐낸다.

하지만 그 틈을 노린 것인지 다른 하나가 자운의 지근거리까지 다가와 있었다. 자운이 뻗었던 염룡교를 회수

했다.

그의 몸이 회전하며 염룡교의 움직임이 일변한다.

타핫—

기합성과 함께 화염이 치솟았다. 염룡교가 독장을 집어삼키며 일어나는 화염이었다.

폭음이 터졌다.

쾅—

자운의 염룡교가 남우의 독장 두 개를 단번에 날려 버렸다. 역시 화기로 말미암은 공격인지라 독장이 허공중에서 독기를 뿌리며 소멸하는 일은 없었다.

"이것도 받아낼 수 있을까?"

한 차례씩 공격을 주고받았으니 이제 자운이 공격할 차례였다. 자운이 검을 이리저리 움직였다.

세로로 그어내리는 직도황룡, 동시에 펼쳐지는 것은 황룡검탄.

자운이 자주 사용하는 수법이었다.

일곱 마리에 이르는 황룡검탄이 남우를 향해 날아갔다.

"흐흐흐. 그럼 어디 한번 제대로 해볼까?"

자신을 향해 날아오는 일곱 마리의 황룡을 보며 남우가 웃었다. 그의 몸이 스르륵 움직이며 단전을 자극했다.

그러자 단숨에 남우의 몸이 검은색의 칠흑 같은 기운에

휘감긴다.

 저것이 독의 정수라고 할 수 있는 독정기(毒淨氣).

 그 양은 내력의 절대량의 절반밖에 되지 않았지만 독정기는 무시할 수 있는 것이 아니었다.

 자운 역시 온몸으로 황금빛 서광을 휘감았다.

 황룡문 비전의 심법에서 솟구친 기운이 자운을 보호한다.

 자운의 몸이 보호되는 동시에, 남우가 독장을 날렸다.

 열한 번에 이르는 쾌속무비한 장력이 펼쳐졌다.

 극에 이른 연환공격, 남우의 손끝에서 회전하며 뻗어진 독장은 열한 개로 나누어지며 자운을 덮쳤다.

 사방을 포함하여 위아래까지 포위된 상황이라 어디로 피할 곳도 없다.

 남우가 그 모습을 보고는 낄낄거리며 웃었다.

 "중독되면 해독 정도는 해줄 테니까 걱정하지 말라고."

 낄낄거리는 그의 모습에 자운도 낄낄거린다.

 "이 정도에 중독될 거면 예전에 뒈졌겠다."

 검이 움직인다. 황룡신검이 자운의 손끝에서 유려하게 물결을 그려내었다.

 아니, 그려내는 것은 물결이 아니다. 물결인 줄 알았건만 완성되는 것은 용의 비늘이었다.

용린벽!

호룡을 불러낸다면 훨씬 효과적으로 공격을 막아낼 수 있겠지만 이런 공간에서 호룡을 불렀다가는 제전이 통째로 무너진다.

자운을 향해 포위하고 달려오는 독장들이 용린벽을 때렸다.

따다다당—

용린벽이 크게 흔들리기는 하였으나 깨어지지는 않는다. 자신의 용린벽이 남우의 공격을 굳건하게 막아내자 자운이 씩 웃으며 남우를 바라보았다.

"어때? 나름 괜찮은가?"

"과연! 그 정도는 해줘야 내 친우라고 할 수 있겠지!"

"이제 내 차례야. 잔말 말고 한 대 맞을 준비나 해."

"흥. 네 차례 내 차례가 어디 있어? 먼저 때리는 놈이 이기는 거지."

"뭐 이 새끼야?"

"그런데 이 자식이?"

둘이 서로를 노려보더니 달려들었다.

파앗—

황금빛 빛살과 흑색 빛살이 허공을 가르고 중앙에서 충돌한다.

쾅—

 자운의 몸이 발랑 뒤집어지며 바닥을 굴렀다. 하지만 꼴사나운 모습을 면하지 못한 건 남우 역시 마찬가지였다.

 바닥을 구르며 온몸에 먼지를 묻히는 남우.

 둘은 누가 먼저라고 할 것도 없이 자리에서 발딱 일어나며 서로 노려보고 소리쳤다.

 "네 눈에 멍들었으니 내가 이긴 거다!"

 "네 코에서 피가 나니까 내가 이긴 거다!"

 서로의 승리를 주장하는 남우와 자운.

 자운의 눈두덩은 시퍼렇게 멍이 들어 있었고 남우의 코에서는 붉은 핏물이 똑똑 떨어져 내리고 있었다.

 그리고 둘은 서로의 그런 모습을 보며 크게 웃음을 터뜨렸다.

 "푸하하하하하—"

 둘이 뭐라고 할 것도 없이 동시에 터진 웃음이었다. 그와 함께 자운이 그 자리에 발라당 드러누우며 물었다.

 "그런데 우리 왜 싸웠지?"

 자운의 물음에 남우가 머리를 긁으며 답했다.

 "글쎄. 우리 왜 싸웠더라."

 왜 싸웠는지 기억도 못하는 건 아주 당연한 일이었다.

*　　*　　*

자운이 남우를 바라보며 술잔을 비웠다.

"너도 아직 살아 있을 줄이야."

남우 역시 놀랍기는 마찬가지였다.

"너 폐관수련에 들고 그 후로 한 번도 못 봤잖아. 한 백 년 정도 지나고선 그래 그런가 보다 했더니 아직 살아 있었구나."

자운이 고개를 끄덕였다.

"어. 한 이백 년 정도 지나니까 눈이 뜨여지더라고."

"무식한 놈. 잠을 이백 년이나 자다니."

자운이 톡하고 쏘아붙였다.

"무식하기는. 너처럼 잠도 안 자고 이백 년을 무식하게 살아 있는 놈도 있는데 내가 무식하다고 불리면 쓰나. 그것보다, 반로환동을 한 건가?"

자운이 젊어 보이는 그의 외모에 물었다. 아무리 무공이 높아 세월의 흐름이 그냥 지나간다 하더라도 남우처럼 이렇게 이십 대의 모습을 유지하기는 힘들었다.

그 증거로 삼봉공 역시 중년을 훨쩍 넘은 모습을 하고 있지 않던가. 하지만 남우는 달랐다.

자운과 비슷한 이십대 중후반의 모습을 하고 있는 것

이다.
 자운의 말에 그가 고개를 끄덕였다.
 "어."
 반로환동이라는 것이 꼭 무공의 경지가 어디쯤 닿아 있다고 이루어지는 것이 아니라 깨달음의 실마리를 잡아야 이루어지는 것이다.
 절대자의 경지 이상에 접어들고 반로환동의 깨달음을 얻는다면 이루어진다.
 말 그대로 반로환동은 자운보다 약한 절대자의 경지에서도 이루어질 수 있는 것이었다.
 "축하해. 깨달음은 언제쯤 얻은 거야?"
 자운의 말에 그가 기억이 가물가물한 듯 눈을 끔벅이며 하늘을 바라보았다. 그러고 보니 언제쯤 반로환동을 한 것인지 기억이 잘 나지 않는다.
 "사십 년 전인가 오십 년 전인가. 대충 그때쯤 얻었지."
 "그럼 그때부터 지금까지 쭉 이 모습?"
 자운의 말에 남우가 선선히 고개를 끄덕이며 인정했다. 그 후로는 외형적으로 전혀 나이를 먹지 않았다.
 "우와. 징그러워라."
 "이백 년 동안 전혀 늙지도 않은 놈에게 들을 소리는 아니거든?"

"그런가?"

 자운이 키득거리며 빈 술잔을 내려놓았다. 어쩐지 독곡에 들어서면서부터 남우에 대한 생각이 계속 든다 싶었더니 이렇게 살아 있을 줄이야.

 노괴물이라는 생각이 들었지만 반가운 것은 어쩔 수 없었다.

 자운이 빈 술잔을 내려놓자 남우 역시 술잔을 내려놓으며 말했다.

 "네가 애들한테 헛바람 불어넣었다며."

 "무림으로 나가자고 한 거?"

 남우가 고개를 끄덕였다.

 "이백 년 전, 그때도 황룡검존께서 우리를 부르셨지."

 자운이 고개를 절레절레 흔들었다. 자신의 사부인 황룡검존은 분명 대단한 사람이지만 그때와는 다르다.

 "그때랑은 달라."

 "네가 무림맹의 무상인 거?"

 "직책이라는 건 생각보다 대단한 일들을 할 수 있는 거지."

 자운의 말에 남우가 뚫어져라 자운의 눈동자를 바라보았다.

 지금 여기서 시선을 회피하면 안 된다. 자운 역시 자신감

가득한 눈으로 그를 바라본다.

"믿어도 되는 거냐?"

한참을 이어진 눈싸움 끝에 남우가 한숨을 내쉬며 물었다. 자운이 선택한 것은 대답 대신 고개를 끄덕이는 것.

자운이 고개를 끄덕이자 남우가 그것이면 족하다는 듯한 표정으로 마주 고개를 끄덕인다.

"이번이 마지막이야. 이번에도 우리 독곡은 무림으로 진출하는 것에 실패하면 두 번 다시 무림에 나가지 않겠어."

"너넨 무림에서 영웅 대우를 받을 거다. 절대로 실패하지 않아."

"그러길 바라야지."

남우가 뜨거운 눈으로 자운을 응시했고, 자운 역시 뜨거운 눈으로 남우를 응시했다.

두 친우가, 지금 이 자리에서 이백 년의 세월을 격해 다시 만났다.

"설혜도 살아 있다."

술을 마시던 자운이 자신 말고도 설혜가 살아 있음을 말했다. 그 말에 남우가 미간을 꿈틀하더니 자운을 바라보았다.

설혜라면 그 역시 알고 있다.

"자빠는 뜨렸냐?"

"개소리하지 말고 술이나 마셔."

"여자를 홀려 놓고 책임도 지지 않는 건 개자식이나 하는 일이다. 안 그래?"

"실없는 소리 하고 있네."

이렇게까지 해줘도 눈치를 채지 못하는 자운을 보며 남우가 속으로 욕을 했다.

'그렇게 평생 독거노인으로 살다 죽어라. 이 눈치없는 놈아.'

설혜는 이백 년 전부터 자운에게 마음이 있는 듯했다. 하지만 자운이라는 이 둔한 놈은 다른 사람 눈치는 귀신같이 맞추면서 자신의 연애전선에 관해서는 하나도 모른다.

'이런 놈을 도대체 뭐라고 해야 하는 거야?'

멍청이.

호구.

병신.

여러 가지 단어들이 떠올랐으나 마땅히 어울리는 것을 찾지 못했다. 저 세 단어를 모두 합쳐서 멍청한 호구 병신이라고 부르면 딱 좋을 듯했다.

"설혜도 많이 강해졌겠지?"

남우는 자운이 눈치채지도 못한 말은 더 이상 하지 않고 다른 이야기를 하기로 했다. 이번 물음에 자운이 선선히 고개를 끄덕인다.

"얼마나 강해진 거 같냐?"

설혜가 얼마나 강해진 것 같냐고?

자운이 천천히 설혜에 대한 기억을 되새겼다. 절대고수 정도의 경지였는데 자운이 준 빙정을 흡수하면서 거기서 조금 더 강해졌다.

비유하고자 한다면, 정확하게 지금의 남우 정도.

"너 정도?"

"말하는 게 네가 나보다 위라고 하는 것 같은데?"

자운이 은연중에 말투에 묻어서 보낸 느낌을 남우는 대번에 잡아채었다.

자운은 걸렸음에도 불구하고 오히려 뻔뻔하게 고개를 끄덕이며 인정을 하는 것이 아닌가.

"어라, 아니었나? 맞잖아. 내가 너보다 위인 거."

그 말에 남우가 웃었다.

"죽을래?"

"다시 한판 해? 이번에는 제대로?"

자운의 도발적인 말에 남우가 자리에서 벌떡 일어났다.

"오냐. 따라나와."
자운 역시 자리에서 일어났다.
"이번에는 쌍코피가 흐르게 해주지."
자리에서 일어나는 두 남자는 모두 웃고 있었다.

황룡난신

그그그궁—

남우가 석벽을 밀자 가볍게 열린다. 먼저 남우가 밖으로 나가고, 뒤이어 자운이 쫓아 나갔다.

밖에서 기다리고 있던 남상천은 남우가 밖으로 나오자 고개를 숙이며 묻는다.

"어찌 되셨습니까."

거기에 남우는 요상한 대답만을 남겨두고 사라졌다.

"기다려. 일단 한판 더 하고 올 테니까."

그의 모습이 스르륵 사라지고, 자운이 남상천을 향해 어깨를 으쓱해 보인 후 발을 뻗었다.

허공중에 자운의 발이 뻗어진다 싶은 동시에 자운의 신형이 사라졌다.

둘의 신형이 다시 나타난 곳은 어느 정도의 거리가 떨어진 곳에 있는 봉우리 위에서였다.

"여기서 한판 할 거지?"

자운의 말에 남우가 고개를 끄덕이며 기운을 끓어 올렸다.

극성에 이른 독정기가 남우의 몸 주변으로 휘감기며 매운 냄새가 풍기기 시작한다.

자운이 지지 않겠다는 듯 기운을 끌어올렸다.

대해 속을 노니는 황룡들이 차례로 그 위용을 드러냈다.

일룡부터 십일룡에 이르는 용들이 모조리 고개를 든다.

그것을 알아본 남우가 중얼거렸다.

"황룡무상강기? 그것도 열한 마리나?"

그 역시 전대 황룡무상강기의 소유자였던 자운의 사부가 저것을 두르고 적성의 존재들과 겨루었던 격전을 목격한 바 있었다.

중원의 그 어느 무학과도 궤를 달리하는 황룡무상강기는 정말로 인상적이었던 지라 아직까지 기억 속에 생생하게 남아 있기도 하다.
 자운이 이죽였다.
 "왜, 이제 와서 무서워져?"
 남우가 마주 웃으며 고개를 흔들었다.
 "그럴 리가. 한번 꺾어 버릴 생각을 하니 기분이 좋아서 그런다."
 "포기해."
 스팟—
 자운이 허공으로 뛰어오르며 패룡을 움직였다.
 콰콰콰콰콰—
 패룡이 포효를 하며 남우가 서 있던 자리를 때린다. 남우는 황급히 신형을 뽑아 올려 오여 장 밖으로 몸을 피신시킨 후였다.
 "급한 놈."
 온몸을 휘감고 있는 독정기가 손바닥에 집중되었다.
 고리 모양으로 이루어진 독기, 남우가 만들고 있는 것은 독강이었다.
 륜의 형태를 형상화시킨 그가 독강의 륜을 자운을 향해 던졌다.
 스팟—
 바람이 독기에 산산이 찢겨 나갔다. 자운이 염룡을 움직였다.

화르르륵—

멸사탕마의 불이라고는 하나, 화기는 또한 독기의 상극이다.

화기와 독기가 충돌하자 화악 하는 소리와 함께 둘이 허공중에서 동시에 사라지기 시작했다.

팽팽한 힘겨루기.

독륜은 이전의 독들과는 다르게 허공에서 정지한 채로 염룡의 화염과 충돌하고 있었다.

하지만 이기는 것은 염룡의 화염이었다. 염룡의 화염이 끝도 없이 나오는 것이라면 독륜에는 힘의 제한이 있었기 때문이다.

스팟 하는 소리와 함께 독륜이 사라졌다.

그리고 움직인 것은 두 개의 머리를 꿈틀거리며 움직이는 쌍두룡!

칠룡과 팔룡이 서로 머리를 치켜들며 이리저리 움직였다.

두 개의 이기어검이 단번에 남우의 움직임을 쫓는다.

자운이 칠룡과 팔룡을 부리며 여유롭게 소리쳤다.

"뭐에 찔리든 이 칼빵은 둘 다 맛이 비슷해서……."

자운이 손을 뻗었다.

촤르르륵—

두 마리의 쌍두룡이 단번에 남우를 덮쳤다.

"아무거나 좀 골라 먹어라!"

"홍. 말도 안 되는 헛소리를 하는 버릇이 또 나왔구나."

남우의 몸이 허공중에서 회전했다

촤르르르륵—

그의 몸을 타고 독기가 딸려 올라간다. 허공에 세워지는 거대한 독 기둥, 흑녹색의 기둥은 먼 곳에서도 잘 볼 수 있을 정도였다.

흑녹색의 기둥에서 두 줄기 경력이 쏘아졌다.

자운이 황급하게 호룡을 움직여 두 줄기의 경력을 막았다.

파박—

"이게?"

자운이 호룡을 치우고 기둥을 노려보는 찰나, 기둥에서 수십 줄기에 이르는 경력이 뿜어진다.

하나하나 만만치 않은 독기를 가지고 있는 것들이었다.

자운이 공룡을 이용해 감각을 활성화시켰다.

육감 이외에 공간을 인지하는 능력이 생겨나며 단번에 사각이 없어진다.

어디서 어떤 공격이 들어오는 것인지 모조리 파악할 수

이 칼빵은 둘 다 맛이 비슷해서 217

있게 된다.

자운이 호룡을 이용해 모든 공간을 틈도 없이 막았다.

이 정도의 방어라면 저 공격을 모두 막을 수 있을 것이 분명했다.

쿠콰콰콰콰—

독기가 와서 부딪치는 것이 느껴졌다. 하지만 호룡은 끄떡도 하지 않는다. 자운은 호룡 속에 몸을 숨기고 반격할 기회를 노리고 있었다.

그리고 마지막 공격이 이어졌고, 독의 기둥이 사라지는 순간!

자운이 주룡을 이용해 뇌격을 불렀다.

쿠르르릉—

하늘에서 뇌성이 울리며 떨어진 번개가 남우의 몸을 때린다.

"으아아아아아아아악!"

남우가 허공에서 벼락을 맞고는 비명을 질렀다. 옷이 검게 타버렸다.

남우가 식식거리며 타버린 자신의 옷을 바라보았다.

"너 이게 얼마짜리 옷인지는 알고 있냐?"

"내가 알 바야?"

"저건 끝까지 밉상이라니까."

남우가 툴툴거리며 재가 되어 사라지는 옷을 털어내었다.

"그러니까 이제 그만 항복하지그래?"

"흥. 웃기는 소리 하네."

"그러다가 너 정말 쌍코피 터진다."

말을 하면서도 진기는 끊어짐 없이 물처럼 흘렀다. 팽팽하게 당겨진 진기에 열한 마리의 황룡이 울음을 터뜨린다.

우우우우—

다른 사람이 본다면 기겁할 만한 광경이었으나 남우에게는 아니었다.

그는 스스로를 보호할 만한 힘이 있었기 때문이다.

남우는 전혀 다른 것으로 놀라고 있는 중이었다.

'저건 지 스승의 경지를 아득히 뛰어넘었구만.'

황룡검존이 강했다고는 하나 자운만큼은 아니었다. 지금의 자운과 비교할 만한 인물은 역대의 황룡문 역사를 통틀어도 개파조사를 제외한다면 없을 것이다.

'그야말로 괴물이 되었어.'

하지만 자신 역시 뒤지지 않는다. 이백 년을 살아온 저력은 괜히 생기는 것이 아니었다.

쿠드드드드등—

독정기를 끌어 올리자 사방아 소용돌이치기 시작한다. 그와 함께 대지가 출렁거렸다.

"끝을 보자고."

그의 말에 자운이 고개를 끄덕인다.

"물론 그래야겠지?"

우우우우—

황룡들이 울부짖고, 한동안 긴장감이 사방을 강하게 압박했다.

누구 하나 쉽게 움직이지 못한다.

틈을 엿보고 있는 것이다.

자운도 움직이지 않았고 남우도 움직이지 않았다.

둘 다 엄청난 기세를 휘감고 그 자리에 서 있었지만, 서로에게 틈이 조금이라도 보인다면 당장에 달려들 것이다.

둘은 그 사실을 잘 알고 있었다.

'나쁜 놈. 이백 년 만에 봤으면 좀 져 주면 안 되냐.'

남우가 속으로 자운을 향해 툴툴거렸다.

자운은 전혀 다른 것 때문에 이 승부에 집중하고 있었다.

'감히 나에게 설사약을 먹여? 군자의 복수는 십 년이라고 하였지만 내 복수는 관 짜고 무덤에 들어갈 때까지 안

끝나.'

 정말로 치졸하고 독한 생각이라 할 수 있었다.

 그렇게 서로 노려보기를 한참!

 먼저 움직인 것은 자운이었다.

 '이대로라면 대치 상황이 안 끝나겠지. 그럼 틈이 없다면 틈을 만들어주마!'

 화라라라락—

 열한 마리의 황룡이 어지럽게 움직이며 시선을 분산시켰다.

 남우가 그 시선 분산에 그 정도는 눈치채고 있었다는 듯 대항한다.

 "흥. 역시나 예상했던 대로 나오시는구만!"

 화아아아악—

 남우가 독기를 사방으로 퍼뜨렸다.

 파지지지직—

 쿠웅—

 콰아아앙—

 사방으로 퍼진 독기와 황룡들의 싸움이 시작된다.

 적을 혼란시키고, 눈을 매혹하며 동시에 이루어지는 힘겨루기.

 어느 하나 쉬운 일이 없었다.

이 칼빵은 둘 다 맛이 비슷해서

자운이 그 사이에서 온몸에 금광을 두르고 남우를 향해 돌격했다.

"으아아아아악!"

남우가 주먹을 말아 쥐며 소리쳤다.

"와라!"

둘의 신형이 산봉우리의 정상에서 충돌했다.

번쩍―

남우의 신형이 뒤로 튕겨져 나갔다. 썩은 고목이 남우의 등과 충돌해서 그대로 부러진다.

자운 역시 뒤로 튕겨져 나갔다.

아주 훨훨 날아간다.

자운이 날아가며 소리쳤다.

"이놈아! 내가 이겼지!"

그가 허공에서 몸을 몇 바퀴 회전시키더니 그 자리에 착 하고 내려섰다.

자운의 눈두덩 양쪽이 모두 먹물이라도 찍어 바른 듯 거무죽죽하게 물들어 있었다.

"웃기시네! 내가 이긴 거야."

남우가 자운의 말에 벌떡 일어나더니 소리쳤다. 그의 코에서는 쌍코피가 줄줄 흘러내리고 있었다.

그리고 둘은, 이번에도 서로의 모습을 보며 파안대소했

고 그 자리에 주저앉았다.
 "푸하하하하하!"
 "으하하하하하하하하하!"

황룡난신

 한바탕 신나게 몸을 푼 두 사람이 봉우리를 내려와 독곡으로 돌아갔다.
 심상치 않은 기운의 움직임에 잔뜩 긴장하고 있던 두 세력은 어깨동무를 하고 돌아오는 두 사람의 모습에 그만 긴장이 탁 하고 풀려 버렸다.
 "어떻게 되신 겁니까?"
 남상천이 다가오며 물었다. 엄청난 기운의 충돌이 일어나는 것을 그가 느끼지 못했을 리가 없다.
 "아무 일도 아니니 걱정하지 마라. 그보다, 독곡은 우방인 황룡문과 함께 무림으로 나가도록 한다."

 많은 독곡 무사들이 남우의 그 말을 들었다.

 그들의 숙원이던 무림진출이 드디어 이루어지는 것이다.

 몇몇이 쾌재를 불렀다.

 하지만 몇몇은 성급한 판단이라고 생각한 것인지 남우의 다음 말을 기다리고 있었다.

 "성급한 판단이 아닐지요?"

 남상천이 남우를 향해 묻고, 남우가 고개를 절레절레 흔들었다.

 "지금 결단을 내리지 않으면 우리는 영원히 무림으로 나가지 못하게 될지도 몰라."

 이전에 자운이 했던 말을 이번에는 남우가 하고 있었다.

 남상천이 그 모습을 보며 고개를 끄덕였다.

 '확고히 결심이 선 모양이군.'

 남우가 자운을 바라보았다.

 "우리가 귀주성으로 올라가면 되는 거겠지?"

 자운이 고개를 끄덕였다.

 "나는 황룡문을 이끌고 중경으로 향하겠어."

 귀주성은 운남과 닿아 있는 곳이었고 중경은 사천과 닿아 있는 곳이었다.

또한, 귀주성과 운남성 역시 닿아 있었다.

귀주성과 중경을 적성의 손아귀에서 구해낸다면 남는 것은 단 하나, 바로 섬서를 수복하는 것이다.

성공한다면 이공이 통솔하는 적성의 무리를 무림맹과 자신들 사이에 가둘 수 있었다.

"이제부터 반격의 시작이다."

* * *

운남 땅에 들어온 적성의 세력을 몰아내는 것은 그야말로 식은 죽 먹기였다.

자운 쪽에는 절대의 고수마저 한 수 아래로 보는 고수가 둘이나 있었다.

아무리 적성의 인원들이 강하고 수가 많다고 한들 이겨낼 수 없는 이들이 바로 자운과 남우였다.

한 손으로 열 손을 막을 수 없다고 한다.

그럼에도 불구하고 그 말이 통하지 않는 상대가 있다면 바로 자운과 남우였다.

한 손으로 능히 열 손을 감당하고도 남는다.

아니, 한 손까지도 필요가 없는 것이 사실이었다. 손가락 하나로도 능히 열 손을 감당해 내는 것이 그야말로 괴물 같왔다.

운남성의 적성을 모조리 처리한 남우는 독곡의 정예들을 이끌고 귀주성을 넘었다.

자운 역시 사천 땅으로 넘어가 중경으로 향했다.

그 후로 이어진 자운과 남우의 행보는 그야말로 쾌속질 주였다.

둘을 막을 만한 고수는 사실상 귀주 땅과 중경 땅에는 없다고 해야 했다.

둘이 움직이는 순간 하나의 현이 정파의 영역으로 돌아왔다.

무림에는 난신과 독곡의 원조에 대한 소문이 파다하게 퍼졌다.

남궁인이 찻잔을 비워내며 제갈운을 향해 말했다.

"허허. 난신 그 사람. 정말로 난 사람은 난 사람이군요."

제갈운이 동의한다는 듯 고개를 끄덕였다. 무슨 수를 쓴 것인지는 모르겠지만 독곡을 움직이다니.

확실히 대단한 사람이라는 생각이 들었다.

"무림의 구성이지요."

제갈운의 말에는 남궁인 역시 동감하는 바였다. 그가 지금 정파의 땅으로 복속시킨 성이 몇 개던가.

사천의 절반과 운남, 그리고 오래지 않아 귀주와 중경 역시 정파의 땅으로 돌아올 것이 분명했다.

"남은 것은 우리들의 문제로군요."

남궁인이 천하도를 바라보며 심각한 표정을 짓는다.

자운이 무림맹의 밖에서 승승장구하고 있는 데 비해 그들은 이공이라는 존재에 발이 묶여 청해 땅에서 더 이상 나서지 못하고 있었다.

이공이라는 존재가 얼마나 강한가 하면, 절대고수 몇이 움직였음에도 불구하고 그를 상대할 수 없었던 것이다.

'그녀가 움직이면 좀 달라질까?'

남궁인이 설혜를 생각하며 말했다. 남궁인의 경지로는 자운의 경지도 읽어낼 수 없었지만 설혜의 경지도 거의 읽어낼 수 없었다.

자운보다 반 수 정도 설혜가 아래인 것은 분명한 사실이다.

그런데 그런 그녀의 경지마저 읽을 수 없다는 것은 당시의 남궁인에게는 신선한 충격으로 다가왔다.

'허허허허. 무림이 정말로 괴물들 천지구나.'

하지만 설혜를 쉽게 움직일 수도 없었다.

그녀는 엄밀하게 말하면 무림맹에 소속된 고수가 아니라

무림맹을 원조하기 위해서 온 천산설곡의 대표였다.

그런 그녀를 함부로 부려먹는다는 것은 말도 되지 않는 이야기.

남궁인이 고개를 절레절레 흔들었다.

'그리고 그녀가 자리를 비웠을 때 이공이 습격을 한다면 정말로 큰일이 일어나지.'

설혜는 지금 무림맹 측에서 이공을 상대할 수 있는 회심의 한 수였다.

그런 그녀를 이공을 공격하기 위해 밖으로 돌렸다가, 역으로 이공에게 습격이라도 당하게 되면 돌이킬 수 없는 대참사가 일어난다.

"이공의 문제 때문에 그러십니까?"

제갈운이 남궁인이 고민하고 있는 것을 정확하게 짚어내었다.

그것은 비단 남궁인만의 고민이 아니었다.

제갈운 역시 무림맹의 문상으로서 그를 상대할 만한 방법을 생각해 내어야 하는 처지였는데 그러지 못했던 것이다

자신의 머리가 사람 중에서는 뛰어나다고 하나 자운과 삼봉공이라는 존재는 이미 사람을 아득히 초월한 이들이었다.

'천외천의 인물들. 그들은 우리와는 전혀 다른 하늘에서 살아가고 있겠지.'

사실 이공을 상대하기 위한 수를 내어 보지 않은 것은 아니다.

몇 번이나 무림맹의 타격부대와 절대고수들을 이용해 그를 공격하는 작전을 세웠었다.

하지만 모조리 파기되었다. 승산이 삼 할도 보이지 않았던 것이다.

'삼 할? 말도 안 되는 소리지. 일 할 오 푼도 안 되는 승산에 도박을 할 수는 없는 법이니까.'

그런 그를 살린 것이 오늘 전해진 자운의 서찰이었다.

"그렇소. 그를 어떻게 상대해야 할지 모르겠소."

그 말에 제갈운이 품에서 서찰 하나를 꺼내 들었다.

아침에 전서구를 통해 자운이 보내온 서찰로서 자운이 세운 계획이 들어 있었다.

"이것이 무엇이오?"

남궁인이 서찰을 받아들면서 묻는다.

"무상께서 아침에 전서구를 통해서 전달하신 것입니다."

무상이라는 말에 남궁인이 빠르게 서찰을 읽어 내려갔다.

그 속에는, 이공과 적성을 가두어 효과적으로 상대할 수 있는 방법이 적혀 있었다.

이공의 상대를 해야 하는 것은 자운이다.

자운이 이공의 발을 묶어둔다.

그동안 무림맹과 독곡이 연합하여 사천과 감숙에 있는 적성의 무리들을 소탕한다.

잘만 된다면 어렵지 않게 천하의 절반을 다시 정파의 영역에 둘 수 있을 것이다.

남궁인이 탁자를 탁 하고 때렸다.

"옳거니!"

확실히 나쁘지 않은 방법이었다.

이 방법대로라면, 지형상으로는 적성과 비등해진다.

"이런 방법이 있었군."

남궁인이 서찰을 모두 읽고 제갈운에게 명했다.

"작전대로 가겠다고 전서구를 그에게 전해주게."

자운이 무림맹의 전서구를 받은 것은 중경 땅의 절반 정도를 복속시킨 후였다.

그가 만족스럽게 웃었다.

조금 전에 남우에게서도 소식이 전달된 참이었다.

그 역시 귀주성의 절반에서 놈들을 모조리 몰아내었다고

한다.
 이제 얼마 가지 않아 만나게 될 것이다.
 '반격이 꽤나 뜨끔할 거다.'

第十章 말머리 돌려

황룡난신

으드득—

이공이 이를 갈았다. 조금 전에 전해진 소식에 분노를 숨기지 못하는 것이다.

"난신이라는 아해가 감히 나를 중간에 가둘 생각을 하고 있었구나."

벌써 귀주와 중경 땅이 난신과 그와 연합한 독곡의 손에 들어갔다고 한다.

이 정도 된다면 바보가 아닌 이상 자운의 생각을 읽을 수 있었다.

섬서까지 놈들의 손에 넘어가게 된다면, 자신은 무림맹과 놈들 사이에 완전히 고립되게 될 것이다.

사실 자운이 바라는 것이 바로 그것이었다.

"하지만 이렇게 들켰으니 소용없겠군."

이공이 음산하게 웃었다.

삼공이 패했지만 이공은 자신이 자운과 붙어서 질 것이라고 생각하지 않았다.

항시 이공은 삼공보다 자신이 반 수 정도 앞선다고 생각하고 있었다.

"삼공에게 쩔쩔매며 내상을 입었던 놈이니, 놈은 나를 이길 수가 없다."

이공은 자신을 삼공과 같은 수준으로 본 것이 자운의 오판이라 생각했다.

그가 단번에 군세를 일으켰다.

"놈의 오판을 내가 바로잡아 주마. 그리고 찢어 죽이겠다."

그가 이글이글 타오르는 눈길로 자운이 있을 섬서를 바라보았다.

그렇게, 이공이 군세를 이끌고 섬서를 향해 휘몰아쳤다.

그 무렵의 자운은 귀를 후벼파고 있었다.

"아, 젠장. 누가 내 욕을 하나."

매우 가렵다는 듯이 거칠게 후벼팠다.

사실 욕할 사람이야 차고 넘쳤다.

"계획대로 잘 되는 거 같지?"

자운의 말에 남우가 고개를 끄덕였다. 지금까지는 계획에서 한 치의 오차도 없이 진격해 왔다.

귀주와 중경을 손에 넣었고 섬서의 삼분지 일 정도를 수복하지 않았던가.

이 속도라면 앞으로 보름 안에 섬서를 손에 넣을 수 있을 것이 분명했다.

"잘 알고 있으면서 뭘 또 물어보냐."

"아니. 그냥 너무 일이 잘 풀려서 걱정되어서 말이지."

자운이 입술을 씹으며 말했다.

일이 잘되는 것은 좋은 일이지만 이렇게 너무 쉽게 술술 풀려도 문제다.

뒤가 구린 느낌이 드는 것이다.

그들이 향하고 있는 곳은 서안, 종남산에서 멀리 떨어지지 않은 곳에 있는 섬서의 성도였다.

멀지 않은 곳에는 종남과 여산이 있었으며 섬서의 모든 관도가 교차하는 곳이 바로 서안이다.

서안 땅을 수복한다면 사실상 섬서를 손에 넣은 것이나 마찬가지였다.

푸드득—

그들이 그렇게 이야기를 나누고 있을 때, 허공에서 전서구 나는 소리가 들렸다.

자운이 팔을 뻗자 전서구가 자운의 팔 위로 차분히 내려앉는다.

붉은 실로 묶어서 보낸 전서구, 무림맹에서 보낸 급보가 분명했다.

"이 양반들 참, 조금만 기다리지 또 무슨 급보를 보내는 건지."

자운이 혀끝을 차며 전서구에 묶인 서신을 풀었다.

서신은 마치 급히 작성된 듯 글자가 어지러웠다.

그렇다고 읽는 것에 무리가 있는 것은 아니어서 자운은 심드렁한 표정으로 서신을 모두 읽어내렸다.

서신을 모조리 읽은 자운의 얼굴이 딱딱하게 굳었다.

"말 머리 돌려."

그 말에 남우가 눈을 동그랗게 뜨며 물었다.

"그게 무슨 소리야, 갑자기."

자운이 똥 씹은 표정으로 그의 말에 답한다.

"이공이 군세를 이끌고 섬서로 오고 있단다. 말 머리를 돌려서 상대해 주러 가야지."

 자운의 말에 남우의 표정 역시 보기 흉하게 일그러졌다.

* * *

 길게 길러 내린 머리가 바람에 나부낀다. 정돈되지 않은 머리가 불어온 바람에 아무렇게나 흔들리는 와중에도 사내의 걸음은 막힘없이 당당하다.

 굵직한 턱선과 눈썹은 그의 호방함을 말해주는 듯했고, 과하지 않게 잘 자리 잡은 근육은 그의 무공을 알려주는 듯했다.

 그의 걸음이 향하는 곳은 벽도문(霹刀門)이었다.

 귀주성 귀양 땅에 위치한 문파로서, 한때는 꽤나 강력한 사파였지만 적성이 득세한 후 그곳에 협조하지 않기 위해 봉문 조치를 취한 곳이었다.

 사내의 걸음이 벽도문의 정문에서 멈춘다. 봉문을 한 문파답게 내부에서는 거의 인기척이 느껴지지 않았으며, 이따금 몇몇 사람들이 움직이는 기척만이 감지될 뿐이었다.

 벽도문의 현판을 한참 동안 바라보던 그가 가볍게 문을

두드린다.

똑똑—

그러자 기다렸다는 듯 문 너머에서 답이 들려왔다.

"어디서 오신 분이오?"

그의 말에 사내가 입을 열며 자기 자신을 소개했다.

"비무를 하기 위해 온 당평청이오."

본래 봉문을 한 문파는 그 어떠한 객도 받지 않는 것이 법도였다. 하지만 당평청만큼은 예외였다.

벽도문의 문이 끼익 하고 열리며 문사 풍의 사내가 모습을 드러낸다.

벽도문의 총관이라 할 수 있는 평호진.

그가 벽도문의 문을 열더니 주변을 두리번거렸다.

"그렇지 않아도 오기를 기다리고 있었소. 문주님이 뵙고 싶어 하시오."

평호진의 말에 당평청이 고개를 끄덕인다. 그 문제 때문에 찾아온 것이 아니던가.

당평청이 안으로 들어가자 평호진이 다시 한 번 주변을 경계하더니 문을 닫았다.

그리고 다시, 벽도문은 언제 그랬냐는 것처럼 인기척이 전혀 나지 않게 되었다.

벽도문 내부로 들어온 당평청은 평호진의 안내를 받아 걸음을 옮겼다.

벽도문의 내부로 들어오자 여기저기서 움직이고 있는 인기척들이 제법 많이 감지되었다.

"진법인가?"

그의 물음에 평호진이 고개를 끄덕인다.

"그렇소. 공식적으로 우리는 적성에 협조하지 않기로 했으니 화를 피해 가는 방법이 이것밖에 없었소. 진법의 밖에서는 진법 내부에서 무엇을 하든지 간에 인기척을 잡아낼 수 없지."

평호진이 진법에 대한 자부심이 가득한지 가슴을 쭈욱 펴며 웃었다.

그 역시 그런 평호진을 향해 웃어준다.

평호진이 당평청을 안내한 것은 벽도문의 문주가 있는 집무실.

그가 문 밖에서 벽도문의 문주 벽력도마(霹靂刀魔) 사일귀에게 말을 올렸다.

"기다리시던 사람이 왔습니다."

그 말에 안에서 호방한 목소리가 흘러나온다.

"오. 그가 왔다는 말인가. 어서 안으로 들여보내게."

사일귀의 말이 떨어지자, 평호진은 문주 집무실의 문을

열며 당평청에게 길을 내어주었다.

당평청이 당당한 걸음으로 집무실의 내부로 걸음을 옮긴다.

가장 먼저 눈에 보인 것은 범과 같은 기질의 호방해 보이는 사내였다.

사내답게 기른 수염은 그의 멋을 더욱 더해주는 듯했으며 두꺼운 양팔은 여느 집 아낙의 허벅다리보다 굵었다.

저 굵직한 팔에서 뿜어져 나오는 도초는 벼락과 같다고 해서 붙여진 별호가 벽력도마, 사파에서는 손에 꼽을 정도의 강자가 바로 벽력도마였다.

사일귀가 당평청의 얼굴을 보며 반색하며 말했다.

"자네로군. 요즘 소문의 주인이 말이야."

그 말에 당평청이 아무것도 모르겠다는 듯 얼굴을 찌푸리며 반문한다.

"소문이라니요. 무슨 소문을 말씀하시는 겁니까?"

그 말에 사일귀가 사람 좋아 보이는 미소를 지으며 웃었다.

하지만 그가 뱉어내는 목소리에는 내기가 실려 있어 생각보다 묵직한 압력이 전해진다.

"진마(眞魔) 당평청, 그것이 자네가 아닌가?"

사령진마(死領眞魔).

그것이 바로 당평청을 나타내는 무림명이었다. 과거, 적성의 주구인 삼적의 손에 사파가 규합되기 한 세대 이전에 사파에는 절대의 고수가 있었다.

 그의 별호는 사령혈마(死領血魔).

 사령지존공을 몸에 두르고 사파를 통합한 절대고수를 통칭하는 이름이었다.

 하지만 어느 순간, 그가 감쪽같이 사라졌다.

 거대한 사파연합을 두고 그가 사라졌기에 적성이라는 단체가 사파를 편하게 흡수할 수 있었던 것이다.

 항간의 소문에 의하면 그가 있었더라면 감히 적성이라고 할지라도 사파를 규합할 수 없었을 것이라는 소문도 있었다.

 어찌 되었든 그는 사라졌다.

 그리고 오랜 시간 모습을 전혀 보이지 않았다. 사람들이 강력했던 사파의 무공인 사령지존공이 실전되었다 생각하고 더 이상 찾지 않게 되었을 무렵, 당평청은 그것을 발견했다.

 당평청이 사령지존공을 발견한 것은 약 삼십 년 전, 그전까지만 해도 그는 망해 버린 사파의 소문주였다.

 망해 버렸다고는 하나 문파. 문파의 대외적인 일을 처리하기 위해 길을 가던 도중 그는 습격을 받았고, 그 습격에서 도주해 도달한 곳이 바로 사일귀가 말년에 은거를 택한 곳이었다.

그곳에서 그는 사령지존공을 얻었다.

그리고 삼십 년이 흘러, 사령지존공을 극성까지 익힌 당평청이 세상에 나왔을 때는 이미 적성이 득세한 후였다.

그런 세상에서 살아남기 위해 필요한 것은 정보, 당평청은 자신의 모든 힘을 다하여 지금 세상에 대한 정보를 모았다.

자운이 경험했던 이백 년의 절반에도 못 미치는 삼십 년이라고는 하나, 그 세월 동안 세상이 너무 급변했다.

하지만 무림이라는 틀에서 적용되는 법칙은 전혀 변한 바가 없었다.

강자존.

힘이라면 정보를 얻을 수 있고 하지 못하는 것이 없었다.

물론 무림에 처음 다시 나와서는 적응을 하지 못하고 몇 번의 실수를 하기는 했었지만, 그 후에는 실수를 하지 않았다.

그리고 얻게 된 정보는, 적성에 대항하기 위해 청해성까지 물러난 무림이 무림맹을 만들었다는 사실이었다.

또한 황룡문의 호법, 난신이라는 걸출한 무인이 나와 정파무림의 빛을 이끌고 있다는 소식도 있었다.

처음 그가 난신이라는 별호를 들었을 때는 사파의 지존급 정도 되는 대마두인 줄 알았지만, 알고 보니 정파였다는 사실에 당평청은 고개를 절레절레 흔들었었다.

'정파인이 난신이라는 별호를 얻다니. 성격이 얼마나 개판일지는 보지 않아도 알 수 있겠군.'

하지만 중요한 것은 그것이 아니었다.

작금의 무림이 적성의 손에 의해 정기가 유린당했고, 많은 사파가 적성에 복종했다는 것이었다.

'당신은 사파의 맥을 부탁한다고 했지.'

사령혈마는 자신의 비급의 끝에, 천기를 읽고 남겨둔 하나의 글귀를 새겨두었었다.

그의 죽음으로부터 백오십 년 정도가 지난 후에, 무림의 역사가 크게 흔들릴 정도의 일이 있을 것이라 했다.

정파와 사파가 모두 몰락에 가까워져 가는 파멸적인 천기를 읽은 그는 자신의 연자에게 마지막 하나의 부탁을 남겼다.

그것이 바로 사파의 맥을 부탁하는 것. 대대로 정파라는 것들은 질기기 그지없어 밟아도 밟아도 사라지지 않는다.

그것이 바로 정파, 그것은 정파가 가지는 뿌리 깊은 역사에서 나오는 것이라 할 수 있었다.

그런 정파에 비해서 사파의 뿌리는 깊지 않았다. 강한 자가 나오면 고개를 숙이는 사파의 습성 때문인지, 지금까지 사파가 멸망할 뻔한 일들이 더러 있었다.

 사령혈마가 걱정하는 것도 바로 그런 것이었다.

 이번의 일로 사파의 뿌리가 완전히 사라질까 걱정하는 것이다.

 당평청은 사령지존공을 얻은 대가로 사령혈마가 걱정하던 바를 이루어주기로 했다.

 또한, 사령지존공을 익혀 사파를 규합하려던 자신의 행보에 적성이 방해가 되기도 했다.

 결심을 굳힌 그는 적성에 가담하지 않은 사파들을 찾았다.

 몇 개의 사파가 적성에 가담하지 않고서 봉문을 한 채로 숨을 죽이고 있었고, 그중에는 꽤나 굵직한 문파들도 있었다.

 당평청은 그런 문파들을 방문했다.

 물론 대외적인 목표는 비무였다. 하지만 단순히 비무만이 목표는 아니었다.

 그들을 규합하는 것을 비무라는 목표 속에 교묘히 숨기고 문주들과 접촉을 한 것이다.

 "아닌가?"

 재촉을 하듯 물어보는 사일귀의 말에 당평청이 고개를

끄덕였다.
 사령진마라는 것을 인정하는 것이다.
 "맞소. 내가 바로 진마 당평청이오."
 그 말에 사일귀가 호탕하게 웃었다.

第十一章 사령의 후예이신 주군을 뵙습니다

황룡난신

당평청을 바라보는 사일귀의 눈이 뜨겁게 빛이 났다.

"사파연합을 만들고 싶다고 했더군. 아닌가?"

이번 말에도 선선히 그가 고개를 끄덕였다.

"지금의 사파는 적성의 손에 마음대로 휘둘리는 장기 말일 뿐이오. 아니, 장기 말도 안 되겠지. 그냥 평범한 장기판에도 올라가지 못하는 잡돌들이오. 필요하면 가져다 쓰고 필요하지 않으면 내다 버리는, 그런 존재들이지."

"알면서도 벗어나지 못하는 이들도 있네."

"내가 벗어나게 해줄 것이오."

"대단한 자신감이군."

스팟—

사일귀가 기세를 뿜어내었다. 벽력도마라고 불리는 사일귀인 만큼 그가 뿜어내는 기세가 절대로 약하지 않다.

축 늘어진 공기가 대번에 어깨를 무겁게 짓눌렀다.

하지만 당평청은 그 속에서 담담하게 앉아 있었다.

마치 어깨를 누르는 기세가 전혀 영향을 미치지 못하는 것처럼 말이다.

그 자세에 사일귀가 순순히 감탄했다.

"굉장하군. 나이에 비해서 제법이야."

벽력도마 사일귀의 나이는 올해로 예순이 훌쩍 넘었다. 그런 반면 당평청은 마흔 중반 정도 되었으나 사일귀에 비하면 당평청의 나이가 적은 것이 사실이었다.

"과연 그저 제법인 정도로 제가 이런 자신감을 보일 수 있을 것이라 생각하시오?"

그의 물음에 사일귀가 다른 말을 했다.

"사파연합의 창설에는 나도 찬성하네. 하지만 어떤 배인지도 알아보지 않고 내 식구들의 목숨을 그 배에 맡길 수는 없지."

"시험해 보겠소?"

벽력도마가 자신의 옆에 놓여 있는 대도를 뽑아 들었다.

"얼마든지."

그리고는 주변을 둘러본다. 이곳은 자신의 집무실이니 대결을 하기에 좋지 않다.

"장소를 옮기지."

도마가 진마를 바라보았다.

당평청을 바라보는 사일귀의 눈에 기이한 열망이 일렁인다. 그간 봉문을 하며 강자와의 대결이 없어 얼마나 좀이 쑤셨던가.

당평청은 분명 강자였다. 사일귀의 가슴이 고동치게 할 정도의 강자.

그런 강자와 비무를 할 수 있다는 것은 오래간만에 가지는 즐거움이라 할 수 있었다.

'쉽게 끝내고 싶지는 않군.'

사내는 사파를 규합하며 사파의 지존 자리로 올라가고 있는 이였다. 그런 사내와 비무를 해서 쉽게 지고 싶지 않다는 감정은 사치였다.

아니, 하지만 확실히 하늘 높은 것을 보여주어야겠다는 생각도 있었다.

'사파에는 지존이 필요하지만, 진마, 자네는 아직 어려.'

우르르릉—

마음을 굳히는 그의 검에서 뇌성이 울린다. 벽도문의 도법에는 뇌기가 담기는데 그것은 벽도문의 내공심법에서 기인한 진기가 뇌기를 띄기 때문이었다.

거대한 대도에 진기가 휘감기는 것을 본 당평청 역시 검에 기운을 불어넣었다.

사령지존공의 기운이 단전에서 시작해 검으로 뻗어나간다.

츠츠츠츠츳—

뻗어나간 기운이 검 주변을 두르고, 검 주변으로 묵광이 덧씌워졌다.

저것이 사령지존공의 진수, 사령마기(死領魔氣).

"먼저 오겠나?"

"사양하지 않습니다."

사일귀가 수비의 태세를 취했고 당평청이 단번에 내달렸다.

발끝으로 박차 오른 거리는 한 번에 십여 장!

단 두 걸음 만에 사일귀와 당평청 사이의 거리는 좁혀진다. 그 굉장한 경공에 사일귀가 감탄을 하며 도를 움직였다.

우르르릉—

벽력이 도에 가득 머금어지고, 사령마기의 묵광이 번뜩

이는 검과 충돌한다.

쾅—

바닥이 움푹 패 들며 사일귀가 뒤로 한 걸음 물러났다. 그에 비해서 당평청이 물러난 것은 고작해야 반 걸음, 근소한 차이였지만 내공의 싸움에서 밀렸다는 생각에 사일귀의 눈썹이 꿈틀하고 움직였다.

"제법이군."

하지만 이번 격돌에서 사일귀보다 당평청이 반 수 정도 앞서는 것은 당연했다.

당평청은 공격을 했고 사일귀는 방어를 했기 때문이다.

이번에는 당평청이 공격 태세를 취했다.

파지지직—

대도의 위로 뇌전이 번뜩인다.

"받아 보시게."

도류뇌성시(刀流雷聲矢).

도류뇌성시는 벽도문의 상위 도법이었다. 흐름을 탄 도가 뇌성을 울리며 화살이 쏘아지는 것 마냥 뇌기를 쏘아 보내는 쾌의 수법.

극쾌에 닿아 있음에도 불구하고 흐름을 잊지 않고 류(流)를 중시하는 도류뇌성시는 만만하게 볼 만한 무공이 아니었다.

쿠르르르릉—

뇌기가 도신을 타고 흘러 뇌성이라는 이름이 어울릴 법한 벽력음이 울렸다. 도를 타고 흐르는 기운이 강해질수록 뇌성 역시 강해진다.

쿠드드드드둥—

그리고 뇌성이 절정에 달한 순간!

도가 단번에 흐름을 탔다. 도의 끝을 흐르는 벼락의 양이 더욱 늘어나고, 반 걸음 정도 물러난 당평청이 그 기세에 발을 움직였다.

뇌격의 권역에서 벗어나야 한다. 그렇지 않으면 저 엄청난 벼락이 그 자리를 엄습할 것이 분명했다

파바밧—

그의 몸이 날듯이 뒤로 오여 장을 물러난다.

"홍. 나의 벼락은 그것보다 훨씬 멀리 간다네!"

후웅—

콰과과광—

도의 끝에 모여들었던 벼락이 화살처럼 당평청을 향해 쏘아졌다.

당평청이 묵광이 번득이는 검을 사선으로 그어 내린다.

"크윽!"

파지직 하는 소리와 함께 당평청의 몸이 뒤로 날았다.

뇌기에 담겨 있는 힘이 만만치 않았던 것이다.

"이것이 바로 노고수의 힘일세!"

당평청의 몸이 뒤로 날아가려는 찰나, 사일귀가 거리를 좁혀온다.

거대한 도에 담긴 패도적인 기운이 느껴지고!

콰앙—

굉음이 울리며 당평청의 몸이 크게 휘청했다.

수평으로 갈라오는 도를 땅에 수직으로 검을 세워 막은 것이다.

사령마기에 담긴 힘이 조금만 약했더라면 검을 쥐고 있는 손아귀가 터져 나갈 뻔했다.

'욱신욱신거리는군.'

확실히 엄청난 힘이다.

벽력도마라는 걸출한 사파인다웠다.

'이런 이를 거두어 들여야 한다. 그래야 무림맹에 뒤지지 않는 세력을 구축할 수 있다.'

지금 무림맹의 중심이 되는 이는 무림맹주 남궁인이 아니라 사실상 난신 자운이다.

황룡난신이라 불리는 무인의 주변으로 걸출한 황룡문도들이 집결하여 무림맹을 이끌고 있다는 것이 사실이었다.

그리고 당평청이 바라는 힘의 집결도 그러한 것이었다.

'황룡문과 무림맹에 뒤지지 않는 사파연합을 만들 것이다.'

정파만이 무림의 정기를 수호하는 것이 아니다. 대부분의 세월 정파와 앙숙처럼 싸워오며 지내기는 했으나 사파 역시 무림의 정기를 알고 있다.

또한, 무림의 정기를 수호할 자격이 있었다.

'사파의 하늘 역시 아직 무너지지 않았음을 보여주리라.'

욱신거리는 손바닥 아귀에 더욱 힘이 들어간다.

"흐압!"

그가 자리에서 벌떡 일어나며 검을 빗겨 밀었다.

동시에 묵광이 출수되며 사일귀를 때린다.

콰앙—

사일귀가 도면으로 묵광을 막았지만, 뒤로 크게 밀려난다.

묵광을 막은 도가 부러질 듯 크게 휘어졌다.

"크으으으윽."

사일귀가 굽혔던 무릎과 허리를 펴며 일어났다. 공수의

전환이 이렇게 빠를 줄이야.

사일귀 역시 생각하지 못한 공격에 기습을 허락하는 수밖에 없었다.

"과연 굉장하군."

그의 감탄이 채 끝나기도 전에 당평청의 몸이 움직였다.

어떠한 예비동작도 없이 튀어 나가는 몸, 쾌속무비한 움직임이 연무장의 한가운데를 가른다.

"소용없네!"

벼락이 도에 휘감긴다.

콰르르릉─

땅이 두 쪽으로 갈라지는 소리가 나며 벼락이 떨어졌다.

떨어진 벼락이 바닥을 연속해서 후려치며 달려오는 당평청을 향해 날아갔다.

쾅쾅쾅쾅쾅─

벼락 떨어지는 소리가 연속적으로 울리고, 당평청이 검을 휘둘렀다. 사방에 묵광이 차오른다.

사령마존의 절기 중 하나인 묵검지옥도(墨劍地獄度).

묵광이 휘감긴 검으로 그려내는 지옥의 법은 엄중하다.

생사판관.

생과 사를 주관하는 것은 묵검을 든 사신만이 가능한 일일지니, 죽음을 거느리고 걷는 사령의 주인은 묵검을 든 사신이 된다.

우우우우—

사방에서 지옥의 울음소리가 들려왔다. 쩍하고 땅이 갈라지는 듯한 느낌이 들며 공포감이 그를 엄습했다.

두 다리가 덜덜덜 떨린다. 사일귀는 자신의 다리를 손가락 끝으로 찍었다.

꽉—

단번에 아픔이 올라오며 떨리던 두 다리가 안정되었다.

다리가 떨리는 것은 그의 무공이 당평청에 비해서 큰 차이가 나기 때문이 아니었다.

상위의 사공과 마공이 가지는 차이에서 오는 두려움, 그 때문에 다리가 후들거리는 것이다.

땅에서 죽은 자들의 손이 올라오는 것처럼 묵광이 스멀스멀 올라왔다.

꿈틀거리는 묵광의 움직임은 그야말로 한편의 지옥도.

그 속을 아무 일 없다는 듯 당평청이 태연하게 거닐었다.

땅에서 묵광이 솟구치고, 솟구친 묵광이 하늘에서 떨어지는 벼락과 충돌했다.

쾅—

충격이 사방으로 튀고, 바닥을 적시고 있는 묵광은 당평청의 움직임에 함께 따라붙었다.

쾅쾅쾅—

그에 질세라 사일귀 역시 연속에서 벽력을 떨어뜨린다.

묵광과 벽력의 싸움이 한동안 이어졌다.

둘의 모습이 지(之) 자를 그리며 움직였다.

파바바밧—

무광이 번득인다 싶으면 허공에서 벼락이 떨어졌고, 벼락이 떨어진다 싶으면 묵광이 치솟았다.

끝이 나지 않을 듯한 싸움이 계속해서 이어진다.

벽력도마의 무공은 패도적인 기세에 어울리지 않게 쾌속무비한 경향이 있었다.

그것은 아마도 몸속에 담아두고 있는 뇌기가 지대한 영향을 끼쳐서이다.

그에 비해서 묵광이 번득이는 사령지존공의 무공은 생각보다 묵직했다.

빠르기뿐만이 아니라 묵직한 검술로 이어지는 연환은 사일귀의 손발을 어지럽게 하기에 충분했다.

쿵쿵쿵쿵—

사방으로 벼락과 묵광이 쏟아져 내렸다. 벽도문을 둘러

싸고 있는 진법 전체가 크게 흔들렸다.
 다행히 깨어지지는 않았지만 이런 상태가 오래간다면, 한 시진 이내에 깨어질 것이 분명했다.
 벽도문 내부를 울리는 큰 소리에 벽도문의 무도들이 밖으로 뛰어나왔다.
 그들은 소리가 나는 곳을 찾아냈다.
 벼락이 떨어지고 묵광이 소용돌이치는 곳.
 그곳에서 발견할 수 있었던 것은 당평청과 비무를 하고 있는 사일귀였다.
 아니, 도대체 저것을 비무라고 할 수 있을까.
 매 공격과 공격이 상대의 사혈과 요혈을 파고드는, 그런 것을 과연 비무라고 해야 하는가.
 이것은 마치 절대고수들이 벌인다는 생사결과 비슷하지 않은가.
 쿠드드드드등—
 벼락이 떨어졌다.
 평호진이 뒤로 물러났다. 감히 자신들이 감당할 만한 기세가 아니었다.
 "모두 뒤로 물러나라. 문주님의 기세에 휘말리면 뼈도 못 추릴 거야!"
 그의 말을 들은 문도들이 뒤로 슬금슬금 물러났다.

'이제 끝내어야겠군.'

문도들이 물러서는 것을 확인한 사일귀가 단전을 일깨웠다.

단전을 부드럽게 주무르자 뇌기가 그의 의지를 타고 두 팔로 이동한다.

두 팔로 부여잡은 도 가득 뇌기가 머금어진다.

푸른 섬광이 도의 위에 자리하고, 도를 감싼 것은 바로 도강이었다.

선명하게 뇌기가 피어오르는 도강은 그 존재만으로도 적을 압박하기에 충분했다.

하지만 당평청 역시 강기의 지경은 이전에 넘어선 고수!

그의 검에서 솟구치는 묵광이 더욱 짙어졌다.

본래의 색이 그저 묵광이었다면 이제 띄는 색은 흑묵색, 검은 기운이 묵광의 주변으로 풀풀 흘러나왔다.

사령마기를 응집하여 만든 사령마강은 베지 못하는 것이 없고 강기를 상대할 수 있는 신검이라 할지라도 사령마강에는 베여 나간다는 말이 있었다.

그것은 사령마강이 빠르게 소용돌이치고 있었기 때문이다.

소용돌이치는 사령마강의 기류에 휘말리면 신검이라 할

지라도 우그러들어 부서지는 것을 피할 수 없었다.

사령마강을 막기 위해서는 비등한 수준의 강기를 검 위에 덧바르는 수밖에 없다.

"가겠습니다."

당평청의 말에 사일귀가 고개를 끄덕였다. 당평청이 검을 높게 치켜든다.

우우우우—

악마가 우는 소리가 나며 그의 양옆으로 기운이 화악 뿜어졌다.

동시에 당평청의 등 뒤에 나타나는 묵색의 거신상!

검을 들고 있는 거신의 상이 당평청의 뒤에서 선명한 형체를 이루었다.

마치 지옥을 다스리는 왕이라는 염왕의 현신을 보는 듯한 느낌!

'엄청나군. 하지만 지지 않는다.'

거기에 대응이라도 하듯 사일귀의 도에서도 뇌전이 튀었다.

파지지지지지지직—

뇌전이 사방으로 튀어오르며 기세를 뿜어낸다.

한참 동안 이어진 기세의 싸움 끝에 당평청이 먼저 움직였다.

쿠웅—

그가 걸음을 내딛을 때마다 거신 역시 움직인다. 거대한 덩치에 어울리지 않는 빠른 움직임이 벽력문도들을 기겁하게 만들었다.

'온다!'

사일귀의 눈이 반짝 하고 빛나는 순간, 거신의 묵검이 하늘을 갈랐다.

콰아아앙—

동시에 뇌전이 사방으로 뿜어졌다.

묵광과 뇌전의 섬광이 사방을 유린하고, 한순간 밝은 빛으로 터져 나온다.

'크윽, 눈이.'

보고 있던 벽도문의 총관 평호진이 뒤로 물러나며 눈을 가렸다.

한치 앞을 볼 수 없을 정도로 엄청난 섬광이 눈을 때렸던 것이다.

그런 섬광 속에서 눈을 뜨고 있을 수는 없었다.

"크으으윽."

얼마나 시간이 지났을까.

연무장을 환하게 채웠던 빛이 사라지고, 그 속에서 자욱한 연기가 모습을 드러내었다.

"어떻게 된 거지?"

그가 궁금증을 가지고 손을 움직였다. 평호진의 손에서 일어난 바람이 눈앞을 가리고 있던 연기를 모조리 날려 보낸다.

그러자 드러나는 연무장 내부의 모습, 왈칵하는 소리와 함께 당평청이 피를 토해내었다.

내상을 입은 것이다.

'문주님이 승리했구나!'

그가 쾌재를 부르는 순간, 멀쩡하게 서 있던 사일귀가 무릎을 꿇었다.

"쿨럭. 쿨럭."

그리고는 당평청 것의 족히 두 배는 될 법한 피를 토해낸다.

누가 보아도 내상의 경중을 간단히 판가름할 수 있을 것이다.

토해낸 피에서 내장 조각이 섞여 나왔다.

사일귀가 입가에 흐르는 피를 소매로 훔쳐 낸다.

"내가 졌소."

그의 말은 하대에서 반공대로 바뀌어 있었다.

패배를 인정하는 그의 말에 당평청이 검을 검갑 속으로 갈무리하며 묻는다.

"나의 배에 올라 보겠습니까?"

둘의 눈이 허공중에 교차하고, 한참을 당평청의 눈을 응시하던 사일귀가 고개를 끄덕였다.

그리고 무릎을 꿇은 자세 그대로 정중히 포권을 취해 보인다.

"벽력도마 사일귀, 사령의 후예이신 주군을 뵙습니다."

황룡난신

 사일귀와 당평청이 전투를 하고 있을 무렵, 자운 일행과 이공의 일행은 서로 마주하고 있었다.
 자운이 말에서 내려 이공의 얼굴을 바라보았다.
 이공 역시 감정 없는 무감각한 표정으로 자운을 노려보고 있다.
 "네놈이 난신이라는 아해로구나."
 자운이 고개를 갸웃하고 움직였다.
 "네가 나이를 좀 많이 처먹기는 했는데 피차 살아온 세월에 비하면 얼마 차이 안 나니까 아해라는 개소리는 그만하자고."

이죽이는 자운의 말에 옆에서 남우가 푸앗 하고 웃음을 터뜨린다.

자운이 말하는 것을 들은 우천이 운산을 향해 중얼거렸다.

"가끔씩 대사형이 말씀하시는 것을 보면 굉장히 오랜 시간을 살아오신 것 같군요."

그 말에 운산은 답을 하지 않았다. 대신 자운의 등을 응시했다.

예전부터 느끼고 있었다. 자운의 존재는 불가해(不可解). 억겁의 시간을 살아온 존재와 같은 느낌이 나는 것이다.

인간으로서는 감히 살아올 수 없는 시간을 걸어간 사람을 보는 느낌.

또한, 의문은 그것뿐만이 아니었다.

독곡의 설명에 따르면 자운과 웃고 농담을 하며 서로 반말을 하는 남우라는 존재는 이백 년 전 독곡의 곡주였던 인물이라고 한다.

그런 인물과 마치 오래전부터 잘 아는 것 같지 않은가.

궁금한 것이 한두 가지가 아니었다.

하지만 그것을 물어버리면 더 이상은 사형제 관계를 유지하기가 어려워질 것을 알고 있기 때문에 묻지 않는다.

그저 자운의 등을 응시할 뿐이었다.

'대사형. 당신은 도대체 어떤 분이십니까.'

묻는다고 해도 답해주지 않을 것이 분명했다.

운산이 자신의 눈빛을 숨기는 사이, 자운과 이공의 대화가 이어졌다.

"하찮은 재주를 믿고 날뛴다고 하더니, 설마 내 앞에서도 그 재주를 믿고 그러는 것이냐?"

자운이 피식 하고 웃음을 터뜨려 보인다.

"그 하찮은 재주에 너네 쪽 몇 명이 당했는지 손가락 발가락으로 세어보면 앞날이 캄캄할 텐데. 안 그래?"

"나를 그런 놈들과 비교하지 마라."

그의 주변이 검게 물들었다. 멸공지력이 공간을 잠식하고 무너져 내리고 있는 것이다.

자운이 기운을 끌어 올렸다.

덩달아 남우 역시 독정기를 끌어올린다.

"글쎄. 비교하고 안하고는 네가 결정할 문제가 아니지. 내가 싸워보고 결정을 해야겠지."

우우우우—

열한 마리의 황룡이 머리를 들어 올렸다. 거대한 용들이 모습을 드러내고, 독정기가 사방으로 뻗어나간다.

그 모습을 본 황룡문도들과 독곡의 인원들이 뒤로 물러

났다.

저것에 휘말리면 그대로 죽는 거다. 그 사실을 잘 알고 있었기에 그들은 감히 다가가지 못했다.

독정기와 황룡무상십이강이 모습을 드러내자 이공 역시 멸공지력을 극성으로 끌어올렸다.

이공의 주변 공간이 먹물에 물이라도 든 듯 검게 물들어가며 무너져 내렸다.

이것이 바로 이공의 멸공지력.

우우우우―

멸공지력의 힘을 감지한 황룡이 울음을 터뜨린다.

이공의 뒤에 서 있던 사파의 사람들 역시 뒤로 물러났다.

초월한 자들의 싸움이다. 휘말리는 일이 일어나서는 안 된다.

휘류류류류류―

절대의 경지마저 넘어선 초인들의 기세가 허공에서 마구잡이로 충돌했다.

그 폭발만으로도 귀청이 울릴 정도로 큰 굉음이 여기저기서 울려온다.

"으으으으."

몇몇 무인들이 귀를 부여잡으며 뒤로 물러났다.

그리고, 자운의 몸이 움직였다.

콰르르륵—

멸공지력으로 공간이 무너져 내렸다. 그 사이를 남우의 독정이 날아든다.

휘이이익—

독정으로 만들어진 강류이 공간을 그대로 무너뜨렸다.

"이놈이!"

이공이 소리를 치며 주먹을 말아 쥐었다. 쿠드드등. 멸공지력이 주먹으로 모여들며 살색이 흑색으로 물들었다.

동시에 섬광처럼 쏘아지는 멸공지력!

콰드드드드등—

하늘이 무너지고 공간이 쪼개졌다. 무너져 내리는 공간이 자운을 덮쳤다.

자운이 몸 주변을 호룡으로 휘감았다.

우우우우우—

호룡이 머리를 이리저리 움직이며 무너지는 공간들을 쳐내었다.

자운은 호룡의 보호 속에서 상처 하나 입지 않고 멀쩡히 이공을 향해 걸어간다.

이공이 자신을 향해 다가오는 자운을 보며 두 손을 활짝 폈다.

콰르르릉—

흑색 선이 그대로 창공을 가른다.

자운을 향해서 뻗어오는 흑색 선, 멸공지력의 움직임이 그야말로 무자비하게 자운을 향해 짓쳐들어 왔다.

자운이 신검을 들었다.

우우우우웅—

신검이 가늘게 떨며 금빛 섬광을 머금는다.

쫘앙—

멸공지력이 흑색 포탄이라면 자운이 쏘아낸 기운은 금색 포탄이었다.

콰앙—

두 개의 포탄이 충돌했다. 자욱한 먼지가 눈앞을 가리고, 독정기가 사방으로 뻗어나간다.

후르르르르르—

바람을 타고 날아가는 독정기가 이공을 포위하듯 그를 에워쌌다.

이공이 자신의 주변을 포위하듯 원으로 묶고 있는 독정기를 보며 코끝을 씰룩였다.

"하등한 독물 나부랭이가?"

그 말에 남우가 웃는다.

"하등한 독물 같은 소리 하고 있네. 넌 거기에 닿는 순간 핏물로 사라지는 거야. 알겠어?"

"웃기는 소리 하는군."

그가 독정기에 대항이라도 하듯 멸공지력을 끌어올렸다. 남우는 그럴 시간도 주지 않겠다는 듯 손을 든다.

푸확—

단번에 독정기가 움직이며 파도처럼 이공을 덮쳐 갔다.

쾅—

간발의 차이로 이공의 몸에서 흑색 기류가 치솟았다. 공간이 그대로 붕괴하며 독정기가 허공에서 사라졌다.

그 틈을 노리고 자운이 대번에 달려든다.

그의 몸에서 솟구친 열한 마리의 황룡이 머리를 흔들었다.

쾅쾅쾅—

자운의 황룡무상강기에 그가 연속적으로 주먹을 휘두른다. 절정에 이른 연환공격!

흑선이 사방으로 뻗어나가며 수십 발이 튀어나왔다.

투콰콰콰콰콰콰—

흑선에 맞은 야트막한 동산 하나가 통째로 무너져 내린다. 멸공지력은 공간을 부서뜨리는 공격.

넘치는 힘이라면 산도 무너뜨려 평지로 만들어 버릴 수 있는 게 바로 멸공지력이었다.

"흥. 요리조리 피하는 건 쥐새끼처럼 잘도 하는구나."

자운이 웃었다.

"그럼 너부터 피하지 말고 좀 한 대 맞고 시작하자."

사실 격전이 시작되고 나서 지금까지, 그들은 서로 상대방에게 치명적인 상처를 단 한 번도 입힌 적이 없었다.

쿠콰콰콰콰콰콰쾅—

땅이 뒤집어졌다.

이공은 자운과 남우를 동시에 상대하면서도 한 치의 밀림도 없는 모습을 보였다.

"굉장하군."

남우가 감탄하며 말했다. 이공의 실력은 그야말로 괴물이라고 할 수 있었다. 절대의 경지를 아득히 넘어선 두 사람이 합공을 하는데도 밀리지 않는다.

하지만 이공이 그런 것처럼, 자운도 남우도 본신의 실력을 다하고 있는 것이 아니었다.

이공이 자신의 오 할 정도의 실력을 발휘해서 자운과 남우를 막고 있는 것이라면, 자운과 남우는 사 할이 조금 못 미치는 정도의 힘으로 이공과 싸우고 있는 것이었다.

투콰아앙—

공간이 그대로 무너져 내렸다. 자운이 비룡을 타고 날아올랐다. 암룡이 어둠 속으로 녹아내리며 환룡이 이공의 시야를 어지럽힌다.

거기서 끝나는 것이 아니다.

독정기가 움직였다.

독류을 이룬 독정기 수십 개가 날아다니며 그를 압박한다.

쌍두룡 역시 머리를 움직이며 각자의 혀를 이용해 이공을 공격하려 했다.

"흥. 어쭙잖은 잔재주를!"

이공이 힘을 끌어올렸다.

우우우우웅—

극성에 다다른 멸공지력이 하늘을 검게 물들이고, 하늘에서 파편이 비처럼 떨어져 내렸다.

후드드드득—

쾅쾅쾅쾅—

무너지는 공간은 형체도 보이지 않는다. 다만 느껴서 피할 수 있을 뿐이었다.

하지만 그것이 가능한 경지에 올라 있는 이들은 자운과 남우뿐이었다.

다른 황룡문도들이나 독곡의 무사들은 공간이 무너져 내리는 것을 감지해 낼 능력이 없었다. 그들 중 가장 뛰어난 이라고 할 수 있는 독곡의 곡주 남상천만이 간신히 공간이 조금씩 다가오는 것을 느낄 수 있을 뿐이었다.
 자운과 남우가 눈을 서로 마주 보았다. 이대로 둔다면 전멸을 피할 수 없을 것이다.
 하지만 둘 모두가 하늘에서 무너져 내리는 공간을 방어하는 데 집중한다면 다음에 이어지는 이공의 공격을 막을 수가 없다.
 남우가 자운의 뒤로 물러서며 말했다.
 "내가 모든 공격을 방어할 테니 네가 마음껏 날뛰어 버려."
 "귀찮은 건 나한테 시키는구나."
 자운이 황룡신검 가득 힘을 주며 말했다.
 "네 별호가 난신이니까 때려 부수는 건 잘할 거 아냐."
 자운이 뚜둑하며 몸을 풀었다. 남우는 독정기를 넓게 뿌려 하늘을 덮는다.
 쾅쾅쾅쾅—
 하늘에서 떨어져 내리는 공간이 독정기와 충돌하며 소멸했다.
 "오래는 못 버틴다. 한 시진, 그 안에 끝내라."
 자운이 이를 으득 하고 씹고는 손목을 풀었다.
 뚜두두둑—
 "반 시진이면 충분하니까 걱정하지 마."

뚜두둑—

자운이 이공의 앞에 섰다.

이공이 히죽 하며 웃어 보였다.

"드디어 너와 제대로 싸워볼 수 있겠군."

자운 역시 이공을 향해 씨익 하고 웃어 보인다.

"기다리고 있었나 보지?"

"삼공을 쓰러뜨렸다는 실력이니 확실히 궁금하기는 하더군."

뚜두두둑—

허공을 움켜쥐는 자운의 손에서 뼈 소리가 난다.

"걱정하지 마. 실망시키지 않고 네 목을 꺾어줄 테니까."

황룡난신

제자 관찰 일기 자운편 일(一)

오늘은 근래에 새롭게 들인 제자에 대해서 말해 보고자 한다. 그 아이, 아니, 놈이라고 해야겠다. 고얀 것. 놈의 이름은 천자운이다. 천자문이랑 비슷하지만, 엄연히 다른 느낌. 우연히 시장바닥에 나갔다가 들인 제자로서, 무학에 대한 이해가 어린아이답지 않게 놀라웠다.

아니, 무학에 대한 이해라고 하기 어려웠다. 감각적으로 이론을 알아차리는 것이라 할 수 있을 것이다.

이런 놈을 천재라고 하던가?

이런 놈을 제자로 들였으니 황룡문의 홍복이라고 할 수 있겠지만, 그놈의 성격은 참… 에잉 쯧.

제자 관찰 일기 자운편 이(二)

오늘은 자운이 열 살이 된 날이었다. 열 살이 된 기념으로 뭘 가지고 싶냐고 물었더니 내 수염을 뽑아 달란다. 왜 그러냐고 물었더니 고수의 수염을 먹으면 내공이 일 갑자가 늘어난다는 말을 들었다고 한다.

어느 개자식이 소문낸 거지?

응?

말을 해주지 않았지만 아마도 지경이 녀석일 것이다. 대사형이라는 놈이 사제에게 그런 장난이나 치다니. 고얀 것.

고수의 수염을 하나 뜯어 먹으면 내공이 일 갑자씩 늘어난다고? 난 그럼 먼저 내 수염을 다 뜯어 먹었을 거다.

그렇지 않다고 하니까 그럼 이번에는 머리카락을 뽑아 달라고 한다.

왜 이 자식아.

그냥 아예 전신 제모를 해 가지?

제자 관찰 일기 자운편 삼(三)

킬킬킬킬.

오늘 그놈이 오줌 지리는 꼴을 봤어야 했다. 정말로 가관이었는데. 당분간은 두고두고 녀석을 놀려 먹을 수 있는 좋은 방법이 아닌가?

더군다나 여자애 앞에서 오줌을 쌌다.

어떤 여자 애인고 하니 무려 빙궁주의 딸내미 앞에서 오줌을 싼 것이다.

사실 이건 녀석을 옭아매기 위한 내가 쓴 속임수였다.

요즘 녀석이 늘어가는 자신의 실력에 자만하며 기고만장해 있길래 손을 쓴 것이다.

빙궁 궁주의 딸내미와 비무 중인 녀석을 자극했다.

기운을 이용해 녀석의 방광을 적절히 눌렀고 시기적절하게 자운의 옆에는 빙궁주의 딸 녀석이 강력한 공격을 펼쳤다.

녀석은 그 자리에 풀썩 주저앉으며 오줌을 지렸다. 그런데 그 계집애의 행동이 좀 충격적이었던 지라 이 녀석이 상처를 입지는 않았을까 걱정된다.

그걸 빤히 바라보고 있는 계집이 있을 줄이야.

퉤엣.

역시 얼음땡이의 딸내미도 얼음땡이였다.

킬킬킬.

그러기에 누가 스승의 꿀단지 뺏어 먹으래. 꼬시다, 요놈아.

제자 관찰 일기 자운편 사(四)

오늘 황룡문의 제자들이 잠을 자는 잠룡관이 싹 불에 타 버렸다. 범인을 찾아내니 지경과 자운이었다.

이 고얀 놈들이 문주 제자인데 조용히 좀 있으면 안 될까.

하루가 멀다 하고 사고를 친다. 대사형이라는 게 자운의 장난기를 말릴 생각은 하지 않고 오히려 동조해서 고개를 끄덕이고 놀고 있으니 더하다.

왜 불이 났느냐고 물어보니까 계곡에서 잡아온 물고기를 밤에 구워먹으려고 했단다.

그러다가 바람이 불어 불이 옮겨붙었겠지.

오늘 두 녀석은 나한테 호되게 혼났다. 사실 둘 다 장난기만 좀 줄어들면 착실할 녀석들인데, 참 안타깝다.

날 닮아서 장난이 심하다고 하는 장로들이 있길래 수염을 잡아 뽑아버렸다.

이거 먹으면 내공 상승한다고 거짓말하고 자운이 먹여볼까?

먹을까?

수염이 한 오십 가닥은 뽑혔으니 내공만 오십 갑자가 되겠네.

낄낄낄.

황룡문 일 장로의 일기

오늘 수염이 잡아 뽑혔다.

어이구, 다 늙어서 진짜 악력은 더럽게 강해진다.

아직도 모근이 뻐근하네.

대사형이란 놈이 저러고 있으니.

사제들이 하루가 멀다 하고 찾아와서 나한테 하소연을 한다.

하지만 계급이 깡패다.

그런데 오늘 그놈 중에 한 놈이 내 수염을 보고 웃었다.

그래서 똑같이 잡아 뽑아줬다.

어? 이거 재밌네.

대사형이 자기가 만들어준 수염을 가지고 왜 그러느냐고 물어본다.

다른 사제들의 수염도 다 똑같이 한 움큼씩 빠져 있다.
그래서 웃으며 답했다.
유행이라고. 대사형도 잡아 뽑아주겠다고
그리고 나는 오늘 왼쪽 수염 절반이 또 뜯겨나갔다.
젠장.
역시 계급이 깡패다.

제자 관찰 일기 자운편 오(五)

걱정거리가 생겼다. 자운 녀석에 관한 걱정거리다. 녀석의 무공 이해 정도가 너무 빨라서 걱정이다.
물론 제자가 뛰어난 것은 좋지만, 그 이해 정도를 단전이 따라오지 못한다.
병에 걸린 것도 아닌데 특이하다. 오늘 내기를 이용해 혈도를 살펴보았지만 특별한 문제는 없었다.
하지만 전혀 다른 곳에 문제가 있었다.
단전이 자리 잡는 곳이 너무 단단한 것이다. 단전을 만들기 위해서는 내기가 그 단단한 곳에 뿌리를 박게 하는 것이 중요하다.
다른 제자들이 그렇게 하는 데 손톱만 한 내기가 필요하다면, 자운은 그렇게 하는 데 손가락만 한 내기가 필요했다.

 남들보다 내기가 배로 필요하니 축기가 느린 것도 당연한 일이었다.

 어디 영물이라도 한 마리 있으면 잡아다 주고 싶은데, 천문이 닫힌 지 오래라 영물은 잘 보이지 않는다.

 그래서 걱정이다.

 이놈아.

 사부 걱정 좀 시키지 말고 좀 잘해봐라. 정말로 내기가 늘어나면 내 수염이라도 다 뜯어주고 싶은 심정이다.

 제자 관찰 일기 자운편 육(六)

 전쟁이 시작되었다.

 적성이라는 단체가 나와서 무림을 유린하고 있다고 한다. 그래서 나 역시 제자들을 이끌고 전장에 참여할 것을 선언했다.

 섬서 정파무림의 양대 기둥이라 불리우는 우리 황룡문이 참전하지 않는다면 그 누가 참전을 할까.

 하지만 자운이 걱정된다.

 검술에 대한 이해와 기교는 어느 하나 버릴 것이 없이 뛰어난 녀석이지만, 아직까지 십 년이 조금 넘는 내공을 가지고 있을 뿐이었다.

자운 녀석보다 이 년 정도 늦게 입문한 일 장로의 제자가 십사 년의 내공을 가지고 있는 것에 비하면 축기의 속도가 둔해도 너무 둔했다.

지명이는 자운이보다 무학에 대한 이해가 조금 떨어져서 그렇지 그런 문제는 없었는데, 걱정이다.

제자 관찰 일기 자운편 칠(七)

생각보다 전쟁이라는 위협에서 제자들이 잘 버텨주고 있다. 기특하다. 더군다나 자운 녀석은 독기를 품은 듯 적들과 싸우고 있었다.

그 과정에서 녀석은 점점 더 완성된 무인에 다가가고 있었다.

알려주지 않은 것도 실전을 통해서 깨달아간다. 이미 몸속에 쌓여 있는 실전의 경험치만큼은 초절정의 무인 부럽지 않은 경지에 올라 있었다.

문제는 내력.

내력만 뒷받침된다면 녀석은 정말로 고수가 될 것이다.

전쟁이 끝날 기미가 보인다.

전쟁이 끝나면, 녀석의 부족한 내력을 충당해 줄 방법을 연구해 봐야겠다.

제자 관찰 일기 자운편 팔(八)

 자운 녀석이 폐관에 들고 싶다고 한다. 그 이유를 물어보니 자신의 단점을 고칠 수 있는 방법을 찾아냈다고 한다.
 이 년, 이 년 만에 십 년에 가까운 내력을 쌓을 수 있는 방법이라 했다.
 그 방법을 물어보니 스스로 연구해 온 것을 주르륵 늘어놓는다.
 이 녀석은 확실히 천재다.
 지금까지 무림의 역사상 누구도 생각하지 못한 것을 이 녀석은 생각해 내었다.
 또한, 이 녀석 정도의 천재가 아니라면 감히 실현시킬 수 없을 정도의 일이었다.
 녀석이 스스로 알아온 방법, 스스로 강해지기 위해 연구해 온 방법이기에 나는 수락했고 자운은 폐관수련에 들어갔다.
 아, 그런데 실수했다.
 밥은 한 그릇 먹여서 들여보낼 걸 그랬다.

제자 관찰 일기 자운편 구(九)

자운이 나오지 않는다. 오랜 시간 나오지 않으니 슬슬 걱정이 되기 시작한다.

이 년간 할 것이라 했던 폐관이 벌써 칠 년째로 접어들고 있다.

아직까지 원하는 결과가 나오지 않아서 나오지 않는 것인가?

혹시나 무슨 일이 생겼을까 걱정이 되어 폐관수련장의 문을 열어보려고도 했다.

하지만 폐관수련장에 다가갔을 때, 나는 감히 그 문을 열지 못했다.

안에 자운이 아직 수련하고 있다는 사실을 발견하고는 안도했던 것이다.

수련장의 입구에는, 감각이 예민한 고수라면 누구나 느낄 수 있을 정도로 엄청난 기류가 휘몰아치고 있었다.

대자연의 기가 모조리 폐관수련장 내부로 빨려 들어가고 있는 듯한 느낌이었다.

그리고 그 사실에 안도한 나는 그냥 돌아왔다.

하지만 아직까지 후회가 되는 점이 하나 있다면,

녀석에게 스승이 손수 지어주는 밥을 한 번도 먹이지 못한 점이다.

제자 관찰 일기 자운편 십(十)

나는 이제 남은 날이 많지 않다. 하지만 그동안 자운의 얼굴을 한 번도 보지 못했다.

어떻게 해야 할까. 그때 느꼈던 기류는 아직도 모여들고 있다.

욕심 많은 녀석.

잠을 자면서 수련 중이라 시간이 얼마나 지난 것인지 모르는 것일까?

나는 가끔씩 녀석이 수련을 하고 있는 곳으로 다가갔다가 돌아올 때면 이런 생각을 한다.

언제쯤이면 녀석이 깨어날까.

혹시나 녀석이 깨어나는 것은 백 년, 이백 년이 흐른 후가 아닐까 하고.

죽기 전에 녀석에게 스승의 손으로 지은 밥을 먹여 주고 싶었는데, 아무래도 힘들 듯하다.

자운아.

나의 제자야.

네가 언제 깨어난다 할지라도 나는 너의 스승이다. 또한 너는 황룡문의 제자일지니, 언제나 당당하고 거침없이 무림을 질타하거라.

나의 제자야.

보고 싶다.

『황룡난신』 제7권에 계속…

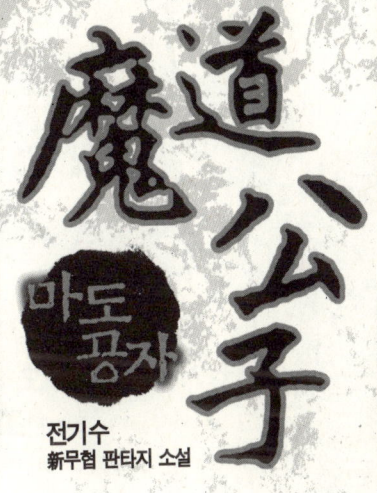

Book Publishing CHUNGEORAM

전기수
新무협 판타지 소설

2011년 새해 청어람이 자신있게 추천하는 신무협!

봉마곡에 갇힌 세 마두. 검마, 마의, 독마군.
몇십 년 동안 으르렁대며 살던 그들에게 눈 오는 아침, 하늘은 한 아이를 내려준다.

육아에는 무식한 세 마두에 의해
백호의 젖을 빨고 온갖 기를 주입당하면서 무럭무럭 성장한 마설천!

세 마두의 손에서 자라난 한 아이로 인해 이변이 일어나고,
파란이 생기고, 이윽고 강호에 새로운 바람이 불어온다!

**마도를 뛰어넘어 천하를 호령할
마설천의 유쾌한 무림 소요기!**

유행이 아닌 자유추구 -
www.chungeoram.com

장강삼협 長江三峽

조돈형 新무협 판타지 소설

『궁귀검신』, 『마도십병』, 『운룡쟁천』의
작가 **조돈형**
그가 장강의 사나이들과 함께 돌아왔다!

굽이쳐 흐르는 거대한 장강의 흐름 속에서
선혈처럼 피어나 유성처럼 지는 사내들의 향취!

장강삼협(長江三峽)!

하늘 아래 누구보다 올곧았던 아버지의 시신을 이끌고
고향으로 돌아온 유대웅을 기다리고 있던 것은
천오백 년의 시공을 뛰어넘은 패왕(霸王)의 무(武)와 검(劍)!

패왕칠검(霸王七劍)과 팔뢰진천(八雷振天)의 무위 아래
천하제일검(天下第一劍)으로 우뚝 설 한 소년의 일대기!

**장강의 수류는 대륙을 가로질러
이윽고 역사가 된다!**

Book Publishing CHUNGEORAM
WWW.chungeoram.com

蹉跎

촌부 新무협 판타지 소설
FANTASTIC ORIENTAL HEROES

천애협로

『우화등선』, 『화공도담』의 뒤를 잇는
작가 촌부의 또 하나의 도가 무협!

무림맹주(武林盟主), 아미파(峨嵋派) 장문인(掌門人),
군문제일검(軍門第一劍), 남궁세가(南宮勢家)의 안주인.

그들을 키워낸 어머니-
진무신모(眞武神母) 유월향(柳月香)!

어느 날, 그녀가 실종되는데……

"하, 할머니는 누구세요?"

무한삼진의 고아, 소량(少兩)에게 찾아온 기이한 인연.

세상과 함께 호흡을 나눌 수 있다면[天地同息]
천하의 이치를 모두 얻으리라[天下之理得]!

이제, 천하제일인과 그녀가 길러낸
마지막 자손의 이야기가 펼쳐진다!

Book Publishing CHUNGEORAM
www.chungeoram.com

DREAM WALKER
드림워커

김현우 퓨전 판타지 소설

『레드 데스티니』,『골드 메이지』를 잇는
김현우표 퓨전 판타지 결정판!

『드림 워커』

단지… 꿈이라 생각했다. 그러나 어느날.
그 꿈이 현실을, 그리고 현실이 꿈을, 침범하기 시작했다.

루시드 드림!
힘든 삶 앞에 열린 새로운 세계!

그날 이후 모든 것이 바뀌었다!
기준의 삶도, 유엘의 삶도 모두 내 것이다!

Book Publishing CHUNGEORAM

유행이 아닌 자유추구 -
WWW.chungeoram.com

마법사 무림기행

魔法師 武林紀行

김도형 퓨전 판타지 소설

**신예 김도형이 그려내는 퓨전 장르의 변혁!
무림을 무대로 펼쳐지는 마법사의 전설!**

무림에서 거지 소년으로 되살아난 마법사 브린.
더 이상 떨어질 곳도 없는 깊은 나락에서 마법사의 인생은 새로이 시작된다!

내 비록 시작은 이 꼴이나 그 끝은 창대하리니!

짓밟혀도 되살아나는 잡초 같은 생명력!
고난 속에서 빛을 발하는 날카로운 기재!

**무협과 판타지를 넘나드는
마법사 브린의 모험을 기대하라!**

Book Publishing CHUNGEORAM

유행이 아닌 자유추구 -
WWW.chungeoram.com

귀환인 歸還人

김동신 퓨전 판타지 소설

모든 마수의 왕 베히모스.

그의 유일한 전인 파괴의 마공작 베르키.
마계를 피로 물들이고 공포로 군림했던 그가
드디어… 꿈에 그리던 한국으로 돌아왔다.

**"친구들아,
나 권태령이 드디어 돌아왔어!"**

피로 물들었던 마계의 나날을 잊고
가족과도 같은 친구들과 지내는 생활,
그 일상을 방해하는 자들은 결코 용서치 않는다!

살기가 휘몰아치는 황금안을 깨우지 말라!
오감을 조여오는 강렬한 퓨전 판타지의 귀환!

Book Publishing CHUNGEORAM

유령이 이닌 지뮤추구
WWW.chungeoram.com

아더왕과 각탁의 기사

홍정훈 판타지 장편 소설

『비상하는 매』의 신선함, 『더 로그』의 치열함,
『월야환담』의 생동감.

그 모든 장점을 하나로 뭉쳐 만든 홍정훈식 판타지 팩션!

아더왕과 원탁의 기사.

전설의 검 엑스칼리버의 가호 아래 역사에 길이 남을 대왕국을 건설한
위대한 왕과 그의 충직한 기사들.

"…난 왜 이리 조건이 가혹해?!"

그 역사의 한복판에 나타난 이질적 존재, 요타!
수도사 킬워드의 신분을 빌려 아트릭스의 영주가 되어 천재적인 지략과 위압적인 신위를 휘두르며
아더왕이 다스리는 브리타니아에 정면으로 반기를 든다!

**전설과 같이 시공을 뛰어넘어
새로운 아더왕의 이야기가 우리 앞에 나타난다!**

Book Publishing CHUNGEORAM

WWW.chungeoram.com